http://www.bbulmedia.com

http://www.bbulmedia.com

血龍傳

혈룡전

1판 1쇄 찍음 2014년 8월 21일
1판 1쇄 펴냄 2014년 8월 26일

지은이 | 기억의 주인
펴낸이 | 정 필
펴낸곳 | 도서출판 **뿔미디어**

편집장 | 이재권
기획 · 편집 | 윤영상

출판등록 | 2002년 9월 11일 (제1081-1-132호)
주소 | 경기도 부천시 원미구 상동로 117번길 49(상동) 503호 (우)420-861
전화 | 032)651-6513 / 팩스 032)651-6094
E-mail | bbulmedia@hanmail.net
홈페이지 | http://bbulmedia.com

값 8,000원

ISBN 979-11-315-3416-8 04810
ISBN 979-11-315-3415-1 04810 (세트)

※파본은 구입하신 서점에서 교환하여 드립니다.

血龍傳
혈룡전
기억의 주인 신무협 장편 소설
1
뿔미디어

목 차

1장
혈귀곡

"젠장! 진짜 끈질기네! 빌어먹을! 염병할 놈들!"

소은설은 연신 욕지기를 토해 내면서도 미친 듯이 내달리는 것은 멈추지 않았다. 이제 갓 열여덟, 아홉 쯤 되었을까. 귀엽고 앳된 얼굴과 달리 그녀의 입은 마치 산전수전 다 겪은 술집 주모의 그것처럼 거칠었다.

"놓치지 마라!"

몸 이곳저곳에서 보이는 핏자국과 찢어진 옷가지가 그녀가 지금까지 겪은 고초를 여실히 말해 주고 있었다.

뒤쪽에서 고함 소리와 풀이 스치는 소리가 시끄럽게 들려왔다.

"이런! 벌써!"

소은설의 다급한 얼굴로 뒤를 돌아봤다.

아직 놈들의 모습은 보이지 않았으나, 웅성대는 소리가 점점 커지는 것으로 보아 이대로라면 머지않아 따라잡히고 말 것이 분명했다.

번쩍! 콰르릉!

폭우가 쏟아지는 밤, 산길은 달리기에는 최악의 조건이다.

경공에는 어느 정도 자신이 있는 그녀였지만, 질척해진 땅과 미끄러운 풀들이 그녀의 발목을 잡고 있었다.

게다가 추격자들의 무공이 상당히 높았다.

이곳 제녕에서 가장 돈이 많은 초가장 장주가 고르고 고른 이들.

그녀와는 차원이 다른 고수들인 것이다.

소은설은 입술을 깨물었다.

이 상황의 발단은 모두 아버지의 실종부터였다.

아니, 어찌 보면 황포의원(黃袍醫院)의 화재가 최초의 발단이라 할 수 있었다.

'그때 사라진 시체들이 분명해!'

화재 당시 황포의원의 원장이던 채복과 치료를 받던 백

명이 넘는 환자들이 흔적도 없이 사라졌었다.

자신이 오늘 본 것이 그 환자들의 시체라는 확신이 들었다. 그렇기에 놈들이 이렇듯 죽자 사자 달려드는 것일 터였다.

'아버지의 실종도 놈들의 짓임이 분명해!'

하오문 제녕분타의 책임자였던 그의 아버지는 황포의원 화재에 대해 조사하던 중 실종되었다.

그가 실종하기 전 집중적으로 정보를 모으던 곳이 바로 초가장이었던 것이다.

아마도 아버지인 소진태가 점점 진실에 가까워지자 위협을 느낀 그들이 무슨 짓을 한 것이 분명했다.

소은설의 눈동자에 분노가 일었다.

어떻게 해서든 놈들의 손에서 벗어나 이 사실을 알려야 했다.

"큭!"

소은설이 신음을 토해 냈다.

무사들이 던진 비수에 상처 입은 어깨가 쑤셔 왔기 때문이다.

도망치느라 살펴볼 새가 없었는데, 생각보다 상처가 깊은 모양이었다.

"이쪽이다!"

그녀를 발견했는지 추격자들의 소리가 훨씬 더 가까워져 있었다.

'젠장! 이러다 잡히겠어!'

어디로 가고 있는지 조차 분간이 가질 않았다.

지금 소은설에게 가장 필요한 것은 바로 기적이었다.

'천지신명님! 부처님! 공자님! 제발 놈들을 따돌릴 수 있게 해 주세요!'

소은설의 절실한 마음이 통했음일까.

갑자기 앞쪽으로 나무와 밧줄로 엮어 만든 좁은 다리가 나타났다.

소은설의 눈동자가 빛났다.

'저 다리를 끊을 수만 있다면!'

다리를 건넌 뒤 밧줄을 끊을 수만 있다면 추격자들을 따돌릴 수 있을 터.

'놈들이 도착하기 전에 빨리 움직여야 해!'

소은설은 젖 먹던 힘까지 쥐어 짜내 신법을 펼쳤다.

"멈춰라!"

"저기다!"

그녀가 막 다리를 건넌 순간, 수풀 사이로 초가장의 무사들이 모습을 드러냈다.

오랜 시간 추격으로 인해 모두 잔뜩 독이 올라 있었다.

"이런!"

소은설은 허겁지겁 비수를 뽑아 다리를 엮은 밧줄을 베었다.

사악!

타당!

한데 어이없게도 밧줄이 끊어지기는커녕, 오히려 비수가 뒤로 튕겨 나오는 것이 아닌가.

"이, 이게 대체!"

당황한 소은설이 밧줄과 비수를 번갈아 쳐다봤다.

놀랍게도 밧줄에는 작은 흠집조차 나지 않은 상태였다.

'대체 무엇으로 만들었기에……!'

마치 쇠줄을 때린 것처럼 비수를 잡은 오른 손목이 저릿저릿했다.

소은설의 안색이 딱딱하게 굳었다.

이대로라면 초가장 무사들이 다리를 건널 것이고, 그녀는 잡히고 말 것이다.

절망 어린 그녀의 시선이 다리 건너편으로 향했다.

'응?'

문득 건너편을 바라본 소은설이 멍한 얼굴로 동작을 멈췄다.

초가장 무사들이 다리 앞에서 멈춰 선 채 안절부절 못 하고 있었기 때문이다.

소은설의 얼굴에 회심의 미소가 걸렸다.

'다리가 끊어질까 봐 지레 겁먹은 거야!'

다리를 묶은 밧줄이 얼마나 튼튼한지 저들이 알 리가 없었다.

아마도 저들은 소은설이 다리를 끊을까 봐 함부로 움직이지 못하고 있는 것이 분명했다.

'그래! 저 빌어먹을 녀석들은 밧줄이 얼마나 튼튼한지 알 리가 없지!'

속으로 쾌재를 부른 소은설이 비수를 들어올렸다.

"흥! 거기 그대로 있어! 한 발짝이라도 다리에 들여놓으면 이 밧줄을 끊어 버릴 테니까!"

소은설이 의기양양한 표정으로 소리쳤다.

최대한 허세를 부려야 놈들이 다리를 건널 생각을 못할 것이기 때문이다.

한데, 무사들의 분위기가 무언가 이상했다.

"저, 저런 미친년! 혈귀곡으로 들어가다니!"

"야, 이년아! 거기가 어딘 줄 알고 겨 들어가!"

"이년아, 당장 나와!"

초가장 무사들이 창백한 얼굴로 다급히 소리쳤다.

'혈귀곡?'

소은설의 미간에 내천 자가 그려졌다.
어쩐지 많이 들어 본 듯한 이름이었다.
'가, 가만! 혈귀곡이라면!'
그렇지 않아도 동그란 소은설의 눈이 찢어질 듯 커졌다.
그녀의 시선에 다리 입구에 놓인 비석 하나가 들어왔다.
그곳에는 붉은색의 세 글자가 선명하게 새겨져 있었다.

혈귀곡(血鬼谷)!

"이, 이런 빌어먹을!"
그녀의 입에서 욕지기가 튀어나왔다.
그제야 그 이름이 뜻하는 바가 떠올랐기 때문이다.
무림사대금지(武林四大禁地)!
무림에는 불문율처럼 여겨지는 절대 들어가서는 안 될 네 곳의 금지(禁地)가 있다.
해남의 지옥도(地獄島), 천산의 무저동(無低洞), 북해의 빙설지(氷雪地), 그리고 마지막으로 산동 봉황산에 있다는 혈귀곡(血鬼谷)이 그곳들이었다.
그녀의 시선이 다시 한 번 비석으로 향했다.
결코, 그녀가 잘못 본 것이 아니었다.
그녀가 서있는 지금 이곳이 바로 사대금지 중 하나인 혈귀곡이었던 것이다.

혈귀곡이 금지가 된 것에는 그만한 이유가 있었다.

이곳에 발을 디딘 자 치고, 지금껏 살아 나온 이가 한 사람도 없었기 때문이다.

무인, 약초꾼, 사냥꾼을 비롯해, 수많은 이들이 혈귀곡에 발을 들였다가 실종되거나 시신으로 발견되었다.

더욱 무서운 것은 간혹 발견되는 실종자들의 시신이 피가 모조리 빠져나간 목내이 상태였던 것이다.

사람들은 이곳에 혈귀가 살고 있어 인간의 피를 빨아 먹는다고 믿었다.

그래서 붙게 된 이름이 바로 혈귀곡이었다.

소은설에게는 그야말로 사면초가의 상황이었다.

이대로 머물면 혈귀의 제물이 될 것이고, 다시 돌아가면 초가장의 무사들에게 잡힐 게 빤했다.

"야 이 미친년아! 얼른 안 튀어나와!"

"이 빌어먹을 년아! 그렇게 병신처럼 뒈질 바에야 차라리 아까 뒈져 버리지 왜 예까지 와서 생고생을 시켜! 썅!"

무사들이 손가락질을 하며 욕지기를 토해 내는데, 우두머리가 앞으로 나서며 그들을 제지했다.

"조용!"

우두머리가 얼굴에 억지스런 미소를 머금고 소은설을 바

라봤다.

"소저. 우리가 서로 오해가 있었던 듯하니, 무모한 짓 말고 이리 나와서 대화로 풀도록 하세. 소저도 혈귀곡에 대해서 들어 봤겠지? 아직 꽃다운 나이에 목숨을 함부로 버릴 셈인가?"

우두머리가 제법 부드러운 목소리로 소은설을 달랬다.

'흥!'

소은설이 속으로 코웃음을 쳤다.

아직 어린 그녀였으나, 하오문이라는 특성상 적지 않은 세상 경험을 가지고 있었다.

결코, 우두머리의 말에 속을 만큼 어리숙하지는 않았다.

그들의 치부를 목격한 이상 초가장 무사들에게 잡히게 되면 살아나기는 힘들 것이 분명했다.

그것도 온갖 고문을 당하고, 능욕을 당한 후 처참하게 죽게 될 것이다.

'어차피 이렇게 된 거!'

더러운 꼴을 당할 바에야 차라리 혈귀한테 피를 빨리는 편이 나았다.

그녀는 혈귀곡으로 들어가기로 결심했다.

소은설이 몸을 돌려 막 안쪽으로 들어가려는 순간이었다.

스스스스스!

갑자기 계곡으로부터 운무가 솟아올라 다리 주변을 감쌌다.

"엇! 모, 모두 뒤로 물러서라!"

놀란 초가장 무사들이 다급히 뒤로 물러섰다.

후우우우욱!

소은설의 신형은 순식간에 운무에 삼켜졌다.

"이런 젠장!"

추격대의 책임자인 진화가 욕지기를 토해 냈다.

"대장, 어찌할까요?"

대원의 물음에 진화가 인상을 찌푸렸다.

자신이라고 달리 뾰족한 수가 있을 리가 없지 않은가.

확실히 하려면 소은설을 잡아 혹시 배후가 있는지 확인해야 했다.

하지만 그렇다고 혈귀곡으로 따라 들어갈 수도 없는 노릇이었다.

"일단, 주변을 수색하면서 이곳에서 대기한다."

지금으로서는 혹시라도 시체가 나타나기를 기다리는 수밖에 다른 방법이 없었다.

*　　　*　　　*

막 소은설이 혈귀곡 안쪽으로 걸음을 옮기려는 순간, 계곡으로부터 갑자기 짙은 안개가 밀려 올라왔다.

안개는 순식간에 다리 주변을 감쌌다.

"이, 이런!"

당황한 소은설이 입을 여는 순간 안개가 입안으로 빨려 들어왔다.

기분 나쁜 끈적함이 그녀의 입안을 채웠다.

쉬시식! 쉬이익!

키키키키키!

동시에 으스스하고 기괴한 괴성이 귀를 자극했다.

'혀, 혈귀?'

소은설은 온몸에 소름이 돋는 것을 느꼈다.

혈귀곡에는 사람의 피를 빨아 먹는 혈귀가 살고 있다는 소문이 떠올랐기 때문이다.

"정신 차려야 해!"

소은설은 이를 악물었다.

호랑이에게 잡혀 가도 정신만 차리면 살 수 있다고 하지 않았던가.

아버지의 실종에 대한 의문을 밝혀내지 못한 채 여기서 허무하게 죽을 순 없었다.

그녀는 흥분된 마음을 가라앉히고 눈을 똑바로 떴다.

스으으윽!

순간, 놀라운 일이 벌어졌다.

안개가 살아 있는 것처럼 좌우로 스윽 밀려나더니, 그곳에 사람 한 명 정도가 간신히 오고 갈 수 있는 좁은 길이 나타난 것이다.

길 좌우로는 수명을 짐작할 수 없는 오래된 노송들이 늘어서 신비로운 풍경을 만들어 내고, 바닥은 하얀 자갈이 빼곡히 깔려 어둠 속에서도 또렷이 모습을 드러내고 있었다.

소은설은 얼떨떨한 얼굴로 갑자기 눈앞에 나타난 길을 바라봤다.

분명 그녀가 다리를 건넜을 당시에는 없었던 길이다.

그야말로 귀신에라도 홀린 것 같은 느낌이었다.

소은설은 고민에 빠졌다.

이대로 길을 따라 움직여야 하는 것인지 쉽게 판단이 서질 않았다.

하지만 그렇다고 이곳에 머물 수도 없는 노릇이었다.

어쨌든 탈출할 방법을 찾으려면 어디로든 움직여야 했다.

“좋아, 갈 때까지 가 보자!”

잠시 고민하던 소은설이 결심이 선듯 조심스럽게 길을 따라 걸음을 옮겼다.

어디서 무엇이 나올지 알 수 없는 상황이었기에 그녀의

얼굴에는 두려움이 가득했다.

길을 따라 걸은 지 반 각쯤 되었을 때였다.

"으음……."

잔뜩 긴장한 채로 걸음을 옮기던 소은설이 갑자기 신음을 토해 냈다.

어쩐지 길을 걸을수록 의식이 점점 몽롱해졌기 때문이다.

'상처에서 흘린 피 때문인가? 아니면…… 아까 들이마신 안개?'

소은설이 눈살을 찌푸렸다.

현재 그녀의 온몸은 상처투성이였다.

하지만 비수에 스친 어깨의 상처가 조금 깊기는 했지만 의식이 흐려질 정도로 피를 많이 흘리지는 않았다.

그렇다면 지금 그녀의 상태는 안개 때문일 가능성이 높았다.

안개에 의식을 잃게 하는 어떤 성분이 들어 있었던 모양이다. 만일 그것이 독이라면 큰일이었다.

한 가지 이상한 점은 어쩐지 기분이 환각제를 먹은 것처럼 점점 묘하게 들뜨고 있었다는 것이다.

"소은설! 정신 차려!"

짝! 짝!

그녀는 양손으로 자신의 뺨을 때리며 정신을 잃지 않기

위해 안간힘을 썼다. 독이 아니더라도 이대로 아무도 없는 산길에서 쓰러진다면 그녀는 죽은 목숨이었다.

게다가 그녀가 지금 있는 곳은 그 누구도 살아나오지 못했다는 혈귀곡이다.

하지만 이미 눈꺼풀은 반쯤 감겨 있었고, 다리는 천근만근이었다.

"으응? 저, 저게 뭐지?"

그때였다.

멀어지는 의식과 사투를 벌이던 소은설이 갑자기 멍한 표정으로 앞쪽을 바라봤다.

그녀의 시선이 향한 곳에는 놀랍게도 언제 나타났는지 아담한 모옥이 한 채 서 있었다.

하얀 길은 바로 그 모옥을 향해 이어지고 있었다.

모옥은 오랫동안 사람이 살지 않은 듯 전체가 이름 모를 잡초와 덩굴들로 뒤덮여 있었다.

"방금 전까지는 분명 없었는데……. 거참, 귀신이 곡할 노릇이네……."

소은설은 두 눈을 비비며 자신이 잘못 본 것은 아닌지 다시 한 번 확인했다. 하지만 모옥은 여전히 눈앞에 존재하고 있었다.

방 두 칸에 부엌이 하나 딸린 그야말로 평범한 집이었다.

그런데 무언가 알 수 없는 끌림이 그녀를 모옥으로 이끌고 있었다.

나른하고 흐릿해진 의식 속에서도 왠지 반드시 모옥으로 가야만 한다는 생각이 그녀의 머릿속을 가득 채웠던 것이다.

소은설은 귀신에라도 홀린 듯이 모옥을 향해 비틀비틀 걸음을 옮겼다.

그녀의 의식은 안개 때문인지 아편이라도 피운 것처럼 몽롱했고, 마치 구름 위를 걷는 기분이었다.

어느새 두려움과 경계심도 사라지고 그녀의 얼굴에는 멍한 미소가 걸려 있었다.

끼이익!

소은설이 방문을 열자 오래된 경첩이 비명을 토해 냈다.

"어라? 누가 있었네……. 안녕하세요? 헤헤,"

방으로 들어서던 소은설이 반쯤 풀린 눈으로 손을 흔들었다. 방 안쪽에 정체를 알 수 없는 사내 하나가 앉아 있었던 것이다.

하지만 사내는 아무런 반응도 없었다.

잠시 눈을 비비며 사내를 바라보던 소은설이 히죽거리며 웃었다.

사내는 애초에 그녀의 인사를 받을 수 없었다.

"에이…… 조각상이네."

자세히 보니 그녀가 사람이라 여겼던 것은 돌로 만든 조각상이었던 것이다.

기껏해야 스물이 갓 되었을 듯싶은 미청년의 조각상이었는데, 너무도 정교해서 당장이라도 일어서서 말을 걸듯 생동감이 느껴졌다.

"짜식, 잘생겼네……."

소은설이 약에 취한 듯 입을 헤 벌리며 말했다.

조각상의 사내는 두 눈을 감고 있었는데, 그야말로 조각 같은 얼굴을 하고 있었다.

"조각이 조각 같은 얼굴을 하고 있네……. 헤헤."

철푸덕!

소은설은 흐리멍덩한 얼굴로 바닥에 주저앉았다.

그녀의 의식은 지금 상황이 꿈인지 현실인지조차 구분할 수 없을 정도로 흐릿해져 있었다.

아버지의 실종도, 초가장 무사들에게 쫓기고 있다는 사실도, 자신이 혈귀곡에 들어왔다는 것도 머릿속에서 사라진 지 오래.

"아…… 피곤하다……."

그저 이제는 모든 것을 놓아 버리고 싶었다.

툭!

결국 소은설은 청년의 조각상을 두 눈에 담은 채 의식을 잃고 말았다.

순간 비수에 맞은 그녀의 어깨에서 핏물이 한 방울 흘러나와 방바닥을 적셨다.

또르륵!

그때, 놀라운 일이 벌어졌다.

핏방울이 마치 구슬처럼 땅에 한 번 튕기더니 그 모습 그대로 바닥에 내려선 것이다.

잠시 멈춰 서는 듯했던 핏방울이 가늘게 진동하더니 어느 순간 바닥을 구르기 시작했다.

스르륵!

홍옥처럼 붉은 핏방울이 먼지 가득한 바닥 위를 미끄러져 갔다. 그럼에도 불구하고 한 톨의 먼지도 핏방울에 묻거나 섞이지 않았다.

핏방울이 향하는 곳은 바로 청년의 조각상이었다.

나방이 불빛에 이끌리듯 핏방울은 조각상을 향해 천천히 끌려갔다.

마침내 핏방울이 조각상과 부딪혔다.

한데 놀랍게도 핏방울이 조각상으로 흔적도 없이 빨려 들어가 버리는 것이 아닌가!

터엉!

바로 그 순간.

모옥 전체에 커다란 울림이 일었다.

귀를 멍하게 하는 무언가 두려우면서도 공허한 울림은 한동안 모옥을 가득 채웠다.

스으으윽!

그리고.

소은설의 상처들로부터 핏방울들이 하나둘씩 허공으로 솟아올랐다.

츠츠츠츠!

허공에 떠오른 핏방울들은 빠른 속도로 조각상으로 빨려 들어갔다.

쩌저적!

동시에 조각상에 미세한 균열이 일어났다.

쉬쉬쉬쉬익!

어느새 핏방울들은 가느다란 혈선이 되어 조각상으로 긴 줄을 만들고 있었다.

혈선이 짙어질수록 조각상의 균열은 점점 더 심해졌고, 어느 순간 균열의 틈새로부터 은은한 빛이 새어 나오기 시작했다.

이윽고.

번쩍!

콰아아아앙!

조각상의 감겼던 두 눈이 열리며 강렬한 섬광이 방 안을 가득 채웠다.

*　　　*　　　*

"으으음……."

소은설은 마치 머리 한쪽을 송곳으로 찌르는 듯한 극심한 두통과 함께 깨어났다.

밤새도록 독주(毒酒)를 마신 것처럼 온몸이 욱신거리고, 무거웠다.

"아……. 어떻게 된 일이지?"

분명 모옥에 들어왔던 것까지는 기억이 나는데, 그 뒤로는 거의 혼미한 상태였던지라 기억이 가물가물했다.

'문을 열고 들어오긴 한 것 같은데, 그럼 여긴 모옥 안인가?'

소은설은 머리를 부여잡고 천천히 몸을 일으켰다.

그때였다.

"악! 누, 누구세요?"

막 일어서려던 소은설이 비명을 지르며 뒤로 재빠르게 물러났다.

바로 옆에서 스무 살쯤 되어 보이는 청년 하나가 그녀를 빤히 쳐다보고 있었던 것이다.

아무 대답 없이 소은설을 뚫어져라 바라보던 사내가 고개를 저었다.

"그녀일 리가 없지……."

실망한 얼굴로 혼잣말을 내뱉으며 사내가 다시 소운설에게로 시선을 향했다. 그의 눈에 왠지 모를 쓸쓸함이 잠깐 동안 스치고 지나갔다.

"어떻게 이곳까지 온 거지?"

사내가 무표정한 얼굴로 물었다.

소은설은 잠시 멍한 얼굴로 사내를 바라봤다.

'혈귀곡에 사람이 살고 있다니…….'

현재 그녀가 있는 곳은 혈귀곡이 분명했다.

하면 이자는 대체 누구란 말인가.

'혹시 혈귀곡 안에 들어왔다 빠져나오지 못한 자일까? 아, 아니면…….'

혈귀곡의 유래에 대한 이야기가 생각난 소은설의 안색이 창백해졌다.

혈귀곡에 사람 피를 빨아먹는 혈귀가 산다는 이야기가 생각났던 것이다.

"다, 당신은 사, 사람인가요? 어, 어떻게 혈귀곡에 있는 거죠?"

소은설이 떨리는 목소리로 물었다.

사내가 좌우를 두리번거리곤 손가락으로 자신을 가리켰다.

"나?"

"네……."

사내가 못마땅한 듯 한쪽 눈을 찡그렸다.

"일단, 네 물음에 답하자면 나는 사람이 맞다. 그럼 이제 내 질문에 대답할 차례군. 다시 한 번 묻지. 어떻게 이곳까지 들어온 거지?"

사내가 빤히 쳐다보자 소은설이 침을 꿀꺽 삼켰다.

"저, 저는 저 하얀 자갈길을 따라서 들어왔어요."

소은설이 방 밖을 가리켰다.

"무슨 길?"

사내가 방문을 열고 밖을 살폈다.

"어, 어라?"

사내를 따라 고개를 돌린 소은설의 두 눈이 왕방울만 하게 커졌다.

어제 자신이 걸어왔던 하얀 자갈길이 흔적도 없이 사라졌던 것이다.

"부, 분명 길이 있었는데, 소, 소나무가 서 있고!"

소은설이 손짓 발짓을 하며 횡설수설하는 모습을 사내가 유심히 쳐다봤다.

"역시 그녀처럼 똑똑하지도 않고……. 한데, 어떻게 혼원구궁마라진(混元九宮魔羅陳)을 통과할 수 있었던 거지……."

사내가 의문이 가득한 눈으로 혼잣말을 중얼거렸다.

혼원구궁마라진을 파훼할 수 있는 이는 세상에서 오로지 둘뿐이다. 자신과 또 한 사람, 바로 진을 설치한 장본인인 여령…….

한참을 횡설수설하던 소은설이 고개를 돌려 생각에 잠긴 사내를 힐끔 거렸다.

'생긴 거나, 행동을 보면…… 혀, 혈귀는 아닌 것 같은데…….'

단정한 유삼 차림의 사내는 그야말로 옥으로 깎아 놓은 듯한 절세의 미남이었다. 게다가 차가워 보이기는 했지만, 마치 여인처럼 하얀 피부와 약간은 연약해 보이는 호리호리한 몸매는 이름만 들어도 무시무시한 혈귀와는 전혀 어울리지 않았다.

'그래, 혈귀는 아닐 거야. 만일 저자가 혈귀라면 내가 지금까지 무사할 리가 없지.'

사내가 혈귀가 아니라고 여겨지자 두려움이 어느 정도 가셨다. 최소한 목내이가 되지는 않으리라.

'한데, 왠지 어디서 한 번 본 듯한 느낌이야.'

아까부터 어쩐지 사내의 얼굴이 낯설지 않았다.

하지만 무언가 생각이 날 듯 말 듯 하면서도 잘 연결이 되지 않았다.

"저……. 당신은 누구죠? 어떻게 혈귀곡에 있는 거죠?"

어느 정도 마음을 가라앉힌 소은설이 다시 한 번 물었다.

만일 그가 실종자들 중 하나라면 이곳에 다른 사람들도 존재할 가능성이 높았다.

그간 혈귀곡에서 사라진 사람들의 숫자가 무려 팔백 명이 넘었고, 그중 시체가 발견된 이들은 겨우 스무 명 정도였기 때문이다.

흣!

입가에 오만한 미소를 머금은 사내가 툭 내뱉듯 말했다.

"광룡."

소은설이 영문을 모르겠다는 얼굴로 눈을 껌뻑거렸다.

'갑자기 광룡이라니 뭔 소리야?'

소은설에게서 아무런 반응이 없자 사내가 눈살을 찌푸렸다.

"혈마를 죽인 광룡이 바로 나다."

마치 당연히 알고 있어야 한다는 듯, 조금은 광오함이 담긴 목소리였다.

잠깐 동안 정적이 흘렀다.

'보아하니 무슨 별호 같은데…….'

소은설은 사내의 모습을 살폈다.

허리에 검을 찬 것을 보면 무인임이 분명했다.

사내의 태도를 볼 때 강호에서 제법 유명한 인물인 듯했다.

게다가 특별히 위압감이나 기세는 느껴지지 않았으나, 사내의 행동 하나하나에서는 강자만이 가질 수 있는 여유와 도도함이 묻어났다.

'미친 용이라……. 얼굴은 멀쩡하게 생겨서 별호가 왜 그따위야…….'

소은설은 최대한 머리를 굴려 광룡이란 존재에 대해 떠올리려 애썼다.

하지만 무림에서 광룡이라는 별호를 가진 유명인사는 아무리 생각해도 떠오르지 않았다.

하오문 소속인 그녀가 알지 못하는 무인이라면 은거 기인이든지, 그다지 별 볼 일 없는 이라는 이야기였다.

은거 기인이면 당연히 알려지지 않았을 테니 별다른 별호가 있을 턱이 없었다. 그렇다면 사내가 하는 모양새와는 달리 그다지 별 볼 일 없는 무인이라는 이야기다.

'아 맞다! 그 성질 더러운 용팔이파 두목 녀석 별명이 광룡이었는데…….'

물론 놈은 동네 건달에 불과했다.

하기야 그런 식으로 따지면 여기저기서 광룡이네, 흑룡이네, 혈룡이네 하며 설치는 인간들이 제법 되긴 했다.

'외모는 그럴싸해 보이는데, 허세가 있나 보네.'

소은설이 의심스러운 눈초리로 사내를 바라봤다.

"허……."

무언가 자신이 오해를 받고 있다는 생각에 반박을 하려던 사내가 문득 움직임을 멈추고 입을 닫았다.

"뭐, 강호 경험이 없는 애송이라면 모를 수도 있겠지……. 가만!"

그때, 사내가 문득 무언가가 생각 난 듯 탄성을 토해 냈다.

"지금 어느 시대인가? 황제가 누구지?"

소은설이 무슨 헛소리를 하냐는 듯 사내를 바라봤다.

'하기야 이 곳에서 오래 갇혀 있었으면 세상에 대해 알 수가 없겠지.'

사내의 사정을 이해한 소은설이 고개를 끄덕였다.

"지금은 가정 십사 년이에요. 황제는 세종 주후총이에요."

소은설은 황제의 이름을 아무렇지도 않게 말했다. 일반 백성들에게나 황제가 경외와 두려움의 대상이었지, 무림인들에게는 그저 권력을 휘두르는 지배자 중 하나에 불과했기 때문이다.

"그럼 건문제 주윤문과는 어떻게 되나?"

"건문제라면 백 년도 넘었는데, 대체 무슨 소리예요?"

건문제라면 지금으로부터 정확히 백삼십칠 년 전에 왕위에 오른 명나라 제이대 황제 혜종을 말했다.

소은설이 그런 것을 정확히 따질 만큼 역사를 공부하지는 않았기에 대충 백 년 정도 되었다 알고 있는 것이다.

어쨌든 엉뚱하게 백 년 전 황제 이야기는 왜 꺼낸단 말인가.

"그랬던 거군!"

사내가 무언가 알겠다는 듯 고개를 끄덕였다.

"벌써 백 년이 지났단 말이지……."

사내는 무슨 생각을 하는지 다시 입을 닫았다.

소은설은 사내의 옆모습을 조심스럽게 살폈다.

'진짜, 심장 떨리게 잘생겼네…….'

날이 반듯하게 선 오뚝한 코, 조금 차가워 보이긴 하지만 깊고 맑은 눈동자, 희다 못해 조금은 창백하게 느껴지는 피부, 과연 인간이 맞는지 의심이 갈 정도의 외모였다.

그때, 사내가 소은설을 향해 다시 고개를 돌렸다.

화들짝 놀란 소은설이 얼른 딴청을 부렸다.

"그, 그쪽이나 나나 어차피 같은 신세인 것 같은데, 토, 통성명이나 하죠."

당황한 소은설이 되는대로 아무 말이나 내뱉었다.

사내가 고개를 돌려 소은설을 물끄러미 바라보다가 툭 내뱉듯이 한 마디를 던졌다.

"진운룡. 그러는 그대는 누구신가?"

"아……. 저는 소은설이라고……. 가, 가만!"

문득 무언가가 생각난 듯 소은설의 두 눈이 치켜 올라갔다.

"그런데, 당신 왜 아까부터 계속 반말이죠? 엉? 보아하니 나이도 나랑 비슷한 것 같은데."

진운룡의 나이는 기껏해야 스물 안팎으로 보였다.

소은설이 올해로 열아홉이니 많이 차이가 나야 한두 살 정도밖에 안 날 것이 분명했다.

"쯧쯧, 내가 잠들었던 시간만 해도 네가 한 번은 더 태어났다 죽었을 시간이야. 본래 사람을 겉모습만 보고 판단해선 안 되는 법이라는 거 어른들이 안 가르쳐 주던가? 정 못마땅하면 너도 반말하든가."

진운룡이 시큰둥한 얼굴로 말했다.

지금까지 살아온 세월만 해도 이백 년을 훌쩍 넘긴 자신에게 나이를 따지는 소은설의 모습이 한편으로는 어처구니 없기도 하면서 다른 한편으로는 재밌기도 했다.

그렇다고 지금 그녀에게 자신의 실제 나이를 이야기해 봐야 믿을 것 같지도 않았다.

미심쩍은 얼굴로 진운룡을 흘겨보던 소은설이 뭔가 납득을 한듯 고개를 끄덕였다.

"하기야 황제가 누구인지도 모르는 것을 보면 여기 꽤 오래 있었던 것 같은데, 생각보다 나이가 많긴 하겠네요. 좋아요. 뭐 그건 더 이상 따지지 않기로 하죠."

진운룡의 반응에 아랑곳하지 않고 제멋대로 결론을 내린 소은설이 화제를 돌렸다.

"그런데 그쪽은 어쩌다 이곳에 갇히게 된 거죠?"

순간 진운룡의 얼굴에 잠깐 동안 쓸쓸한 미소가 어렸다가 사라졌다.

"갇혔다라……. 하기야 갇혔다는 게 맞겠군……."

마치 오래된 기억이라도 끄집어내는 듯 진운룡의 두 눈이 먼 곳을 향했다.

그의 모습에서 가슴을 저릿하게 만드는 깊은 슬픔과 허무가 느껴졌다.

'무슨 말 못할 사정이 있는 모양이네…….'

소은설은 그 사정이 무엇인지 궁금했으나, 진운룡의 표정을 보니 더 이상 물을 엄두가 나지 않았다.

'어쨌든 혈귀는 아니란 거네!'

진운룡의 행동이나 말을 종합해 볼 때 그도 소은설처럼 혈귀곡에 갇힌 사람들 중 하나임이 분명했다.

진운룡이 혈귀가 아니라는 것이 거의 확실해지자 소은설도 경계를 풀게 되었다.

"혹시 다른 사람들은 없나요?"

문득 생각난 듯 소은설이 물었다.

진운룡과 자신이 살아 있다면 다른 실종자들 역시 살아 있을 가능성이 있었기 때문이다.

"있을 리가 없지."

당연하다는 듯 진운룡이 말했다.

"혈귀곡에서 실종된 사람 수가 수백 명이 넘는데, 그중 당신하고 나만 살아남았단 말인가요?"

소은설로서는 믿을 수 없는 이야기였다.

"수백 명? 스스로 무덤을 향해 걸어 들어오다니 어리석은 자들이군……."

진운룡이 조소를 지었다.

"어쨌든 이곳에는 너와 나 이외에 다른 사람은 없어."

단정 짓듯 말하는 진운룡을 보며 소은설이 눈살을 찌푸렸다. 결국 생존자는 진운룡과 자신 둘뿐이라는 이야기다.

그렇다면 어떻게 해서든 두 사람만으로 이곳을 탈출할 방법을 찾아야 했다.

소은설은 일단 혈귀곡을 살펴보기 위해 문을 열고 모옥 밖으로 나왔다.

모옥 주변은 반경 이십 장 정도의 공터가 펼쳐져 있었고, 그 주위를 숲이 둥글게 둘러싸고 있었다. 겉으로 보기에는 전혀 특이한 점이 없는 평범한 곳이었다.

“어?”

소은설이 무언가를 발견한 듯 갑자기 움직임을 멈췄다.

“저 무덤은 뭐죠?”

그녀의 시선이 향한 곳에는 막 벌초를 한 듯한 작은 무덤이 하나 자리 잡고 있었다.

“내 심장을 묻은 곳…….”

갑자기 자신의 옆에서 들려오는 목소리에 소은설이 깜짝 놀라 돌아봤다.

그곳에는 어느새 진운룡이 서 있었다.

‘뭐, 뭐야 인기척도 없이……. 이런 움직임이라면 완전히 허풍꾼 같지는 않은데…….’

움직이는 기척을 전혀 느낄 수 없었다는 것은 진운룡이 최소한 소은설보다 몇 단계 이상 높은 경지에 이른 무인이란 이야기였다.

소은설이 새삼스러운 눈으로 진운룡을 살폈다.

무덤을 바라보는 진운룡의 두 눈에는 복잡한 감정이 담겨 있었다.

'가족? 친구? 아니면 정인이라도 묻힌 건가?'

진운룡의 반응으로 보아 무척 가까운 사람의 무덤임이 분명했다.

'어쩌면 아까부터 계속 말하던 여인의 무덤일지도 모르겠네…….'

몇 차례 자신과 그녀를 비교하던 진운룡의 모습이 떠올랐다.

"뭐 그건 그렇고. 소 낭자는 어쩌다 이곳에 오게 된 거지?"

무덤에서 시선을 거두고 다시 담담한 본래의 표정으로 돌아온 진운룡이 물었다.

몸의 상처나 낭패한 몰골을 보아 그녀에게 만만치 않은 사연이 있는 듯했기 때문이다.

그제야 소은설은 자신이 쫓기고 있다는 사실을 떠올렸다.

'하지만 여기까지 따라오지는 못하겠지!'

놈들이 아무리 강심장이라 해도 감히 혈귀곡 안으로 들어올 엄두는 못 낼 것이다.

“빌어먹을 놈들!”

소은설이 초가장 무사들을 떠올리며 욕지기를 토해 냈다.

정황상 놈들이 아버지의 실종과 관계가 있을 가능성이 높았다.

그녀의 아버지 소진태는 하오문 제녕 분타장이다.

무림에서 가장 비천한 이들이 모여 만든 하오문이었으나, 하오문도임에도 소진태는 곧고 정의로운 성품을 지닌 이였다.

그런 이유로 제녕과 연주를 비롯해 근방의 강호 명숙들 중 상당수가 소진태와 친분을 갖고 있었다.

그중에서도 산동의선(山東醫仙)이라 불리는 황포의원의 주인 채복과는 서로의 고민을 허심탄회(虛心坦懷)하게 털어놓을 정도로 막역한 관계였다.

한데 보름 전 채복이 운영하던 황포의원에 화재가 일어나 그곳에서 치료를 받던 백 명이 넘는 환자가 감쪽같이 사라지고, 채복 역시 실종되는 사건이 일어난 것이다.

이 사건은 제녕 땅을 발칵 뒤집어 놨다.

화재의 원인이 방화로 추정되었기 때문이다.

화재가 발생하자마자 의원 전체가 폭발하듯 화염에 휩싸였다는 점이 그 첫 번째 근거였고, 더욱 놀라운 일은 치료를 받으러 온 환자나, 의생들이 흔적도 없이 모두 사라져 버린 것이다.

당시 수많은 목격자들이 있었으나, 밖으로 빠져나온 이는 한 사람도 발견하지 못했다.

대체 이들이 하늘로 솟았다는 말인가 땅으로 꺼졌단 말인가. 그야말로 해괴한 일이 아닐 수 없었다.

심지어 주민들 사이에서는 귀신이 저지른 짓이라느니, 아니면 악마를 섬기는 사악한 자들이 저지른 짓이라느니 하는 소문이 돌았다.

황포의원은 독지가들의 후원을 받아 주로 빈민들을 상대로 헐값에 의술을 베풀던 곳으로, 제녕뿐 아니라 연주, 곡부에서도 환자들이 찾아올 정도로 그 이름이 높았다.

그만큼 서민들의 존경을 한 몸에 받던 채복과 그가 운영하던 의원에 생긴 흉사는 민심을 갈수록 더 흉흉하게 만들 수밖에 없었다.

이렇게 되자 관부는 물론, 무림맹에서도 사건의 진상을 파악하기 위해 조사대를 보내게 되었다.

당연히 소은설의 아버지이자 하오문 제녕 분타장이었던 소진태 역시 실종된 친우(親友) 채복을 찾는 일에 발 벗고 나섰다.

하오문은 개방과 더불어 강호의 양대 정보 단체 중 하나.

소진태는 분타의 인력을 모두 동원해 사건에 대한 정보를 수집하고 분석해 무림맹 조사대를 도왔다.

그러던 소진태가 실종된 것이 바로 닷새 전이다.

아버지의 실종에 의문을 품고 그가 남긴 자료들을 살피던 소은설은 소진태가 실종되기 전 초가장에 대해 조사하고 있었다는 사실을 알게 되었다.

무슨 이유인지 소진태는 초가장이 이번 사건에 연관이 되어 있다고 의심했던 것이다.

하지만 초가장은 제녕 제일의 갑부인 초진도가 버티고 있는 곳. 그는 막대한 재물을 이용해 제녕 관부와 무림을 자신의 손아귀 안에 두고 있었다.

제녕에서 만큼은 황제와 같은 권세를 누리고 있는 초진도를 상대로 의문을 제기한다는 것은 그만큼 위험한 일이었다.

그래서 소진태는 완벽한 증거를 찾을 때까지 딸인 소은설은 물론 누구에게도 알리지 않고 신중하게 움직였던 것이다.

그런 그가 갑자기 실종되었으니, 소은설로서는 당연히 초가장을 의심할 수밖에 없었다.

때문에 소은설은 지난 며칠 동안 초가장 주변을 감시해왔다.

그러던 중 어젯밤 드디어 초가장 무사들의 수상한 움직임을 포착했다.

밤늦게 초가장의 무사들이 다섯 대의 짐수레를 끌고 초가장을 나서는 것을 발견한 것이다.

물론, 초가장은 상단을 운영하고 있었기에 어찌 보면 평범한 물류의 운반에 불과할 수도 있었다.

하지만 며칠간 관찰해 왔던 움직임과 비교해 볼 때 규모에 비해 수레를 끄는 인원이 너무 많았다.

게다가 수레를 끌고 있는 이들이 모두 무인이라는 것도 수상했다.

보통 물품들의 운반은 짐꾼들이나 하인들이 맡아서 하는 것이 일반적이었기 때문이다.

심상치 않음을 감지한 소은설은 급히 뒤를 따랐다.

그녀는 비록 무공 실력은 변변치 않았지만, 제녕 제일의 도둑으로 꼽히는 아버지 소진태의 영향으로 은신과 신법에 있어서는 제법 뛰어난 편이었기에, 초가장 무사들의 이목을 피해 그들을 미행할 수 있었다.

예상대로 그들이 향한 곳은 창고나 부두가 아닌 남양호(南陽湖)였다.

만일 일반 화물을 운반하는 것이었다면 창고나 운하로 향했을 것이다. 한데 인적이 드문 호수가로 짐수레를 끌고 간 것이다.

호수가에는 어느새 배가 대기하고 있었다.

소은설이 이상을 발견한 것은 바로 그때였다.

초가장 무사들이 수레에서 배로 옮기려던 것이 바로 시체들이었던 것이다.

족히 백 구는 넘는 시신들이 짐짝처럼 옮겨지는 경악스러운 모습에 소은설은 은신이 깨지고 말았다.

결국, 무사들에게 발각된 그녀는 혈귀곡까지 쫓기게 되었고, 지금에 이른 것이다.

모든 정황을 볼 때 황포의원의 화재는 물론, 아버지의 실종도 초가장의 짓임이 분명했다.

"아버지……."

소은설이 입술을 깨물었다.

그녀는 반드시 혈귀곡을 빠져나가 실종된 아버지를 찾겠다고 다시 한 번 다짐했다.

"아버지라……."

진운룡은 소은설의 표정이 굳는 것을 보고 더는 사정을 묻지 않았다.

"당신은 혹시 이곳을 빠져나가려 시도해 본 적은 있나요?"

그때 소은설이 기대에 찬 얼굴로 진운룡에게 물었다.

진운룡의 말을 들어 보면 그는 이곳에 상당기간 갇혀 있었던 듯싶었다. 그렇다면 혈귀곡에 대해 제법 많은 것을 알고 있을 것이 분명했기 때문이다.

또한 그동안 수많은 탈출 시도를 했을 것이니, 이곳의 지형이나 특징에 대해서도 정보를 얻을 수 있을 터.

"없는데?"

진운룡이 왜 빠져나가야 하느냐는 듯 뚱한 얼굴로 말했다.

소은설의 기대를 무참히 짓밟아 버리는 대답이었다.

소은설은 잠시 어이없는 얼굴로 진운룡을 바라봤다.

"그동안 단 한 번도 빠져나갈 생각을 안 했단 말이에요?"

진운룡이 당연하다는 듯 고개를 끄덕였다.

"허……."

소은설로서는 도무지 믿기지 않는 일이었다.

"어째서죠?"

"별로 필요성을 못 느꼈으니까."

"필요하면 빠져나갈 수는 있고요?"

소은설이 비꼬듯 말했다.

"훗, 당연하지. 세상 누구도 나를 가둘 수는 없거든."

진운룡이 오만한 미소를 지으며 말했다.

입에 침도 안 바르고 허풍을 떠는 진운룡의 모습에 소은설은 속으로 코웃음을 쳤다.

'역시 사람은 생긴 것만 가지고 판단하면 안 돼. 그렇게 안 봤는데 아주 허세가 몸에 배였네 배였어.'

그랬다면 왜 아직까지 이곳에 갇혀 있다는 말인가.

소은설은 아마도 진운룡이 탈출을 시도하다 잘못되면 죽을지도 모른다는 두려움 때문에 이곳에 그냥 남기로 결정한 것이라 여겼다.

그래서 진운룡만이 이곳에서 살아남을 수 있었던 것이리라.

그것은 곧 혈귀곡을 빠져나가려 하면 오직 죽음만이 기다리고 있다는 이야기이기도 했다.

하지만 그럼에도 불구하고 그녀는 이곳에 얌전히 눌러앉을 마음이 추호도 없었다.

황포의원 화재의 범인이 초가장임을 밝히고, 아버지를 구해 내야 했기 때문이다.

"목숨을 걸어야 한다고 해도 나는 반드시 이곳을 빠져나가야 해요!"

그녀는 몸을 돌려 모옥 주변을 살피기 시작했다.

"어제 들어온 길만 찾을 수 있다면……."

소은설은 공터를 세세히 살피며 어젯밤 자신이 걸어왔던 길의 흔적을 찾았다. 안개 때문에 의식이 몽롱한 상황이었으니 자신이 본 하얀 자갈 길이나 소나무들은 환영일 가능성이 있었다.

그렇다 해도 최소한 자신이 모옥까지 오면서 남긴 발자국이나 핏자국은 이곳 어딘가에 있을 것이 분명했다.

진운룡은 소은설이 하는 양을 가만히 지켜봤다.

보면 볼수록 자신이 알고 있는 여인과는 너무도 달랐다.

경박스럽고, 멍청하고, 성격은 제멋대로고, 그야말로 마음에 드는 구석이 하나도 없었다.

하지만 마치 토끼처럼 커다란 눈망울, 앙증맞은 입술, 한쪽 볼에만 생겨나는 보조개까지 그녀와 너무도 똑같은 소은설의 외모가 그의 마음을 자꾸만 끌어당기고 있었다.

그때였다.

소은설이 고개를 숙이며 목 뒷부분이 살짝 드러났다.

'응?'

진운룡이 놀란 시선이 그녀의 목에 고정되었다.

살짝 드러난 그녀의 목에 자리한 세 개의 삼각형을 이루는 점.

그리고 그는 똑같은 자리의 점을 가지고 있는 여인을 알고 있었다.

'여령…….'

진운룡의 머릿속이 복잡해졌다.

아무리 닮았다 해도 어찌 목 뒤의 점까지 똑같을 수 있다는 말인가.

'분명…….'

진운룡의 두 눈이 흔들렸다.

그 여인은 이미 죽었다. 그것도 자신의 손으로 직접 땅에 묻었다.

하면 자신의 앞에 있는 저 여인은 도대체 누구란 말인가.

그때, 소은설이 무언가를 발견한 듯 모옥이 있는 공터 오른쪽 숲으로 향했다.

"그곳은 위험해!"

진운룡이 다급히 소은설을 말렸다.

이 공터를 벗어나면 혼원구궁마라진에 휩쓸리게 된다.

갑작스런 진운룡의 외침에 소은설이 깜짝 놀라 걸음을 멈췄다.

"그쪽에는 진이 펼쳐져 있어서 함부로 들어갔다간 다시는 빠져나올 수 없어."

진운룡이 다시 한 번 소은설에게 경고했다.

"에이, 사내가 무슨 겁이 그리 많아요? 여기 이렇게 길이 빤히 있는데."

진운룡의 눈에 이채가 떠올랐다.

"길이라고?"

"여기 분명 길이 있잖아요! 한 사람 정도 지날 수 있는 길이!"

순간, 진운룡의 신형이 유령처럼 소은설의 옆에 나타났다.

"헉!"

소은설이 깜짝 놀라 뒤로 물러섰다.

'뭐야? 이 사람…….'

벌써 두 번째였다.

산동 제일의 도둑이라 불리던 자신의 아버지도 이 정도로 기척 없이 움직일 수는 없었다.

'분명 평범한 자는 아니야.'

소은설의 무공 수준이 낮다 보니 제대로 판단할 수는 없지만, 생각보다 뛰어난 고수임이 분명했다.

'혹시 이 사람이라면 아버지를 찾는 것을 도와줄 수 있지 않을까?'

자신의 힘으로는 여기서 빠져나간다 해도 초가장을 어떻게 해 볼 여지가 없었다. 그야말로 계란으로 바위를 치는 것과 같은 상황이다.

하지만 진운룡이 그의 광오한 말의 반이라도 되는 고수라면 충분히 희망을 걸어 볼 수 있을 것이다.

그러나 소은설은 곧바로 고개를 젓고 말았다.

오늘 처음 본 진운룡을 어떻게 믿는단 말인가.

게다가 소은설이 부탁한다 해도 진운룡이 허락을 한다는 보장도 없었다.

우우우우우웅!

순간, 자신을 스치고 지나가는 기의 파동에 소은설은 상념에서 깨어났다.

기의 파동은 진운룡으로부터 시작된 것이었다.

위압감 보다는 산들바람이 스치고 지나가는 듯한 느낌이 드는 그런 기운이었다.

소은설의 눈에 놀라움이 깃들었다.

기운을 유형화해 발출할 수 있다는 것은 진운룡이 최소한 절정의 경지 이른 고수라는 이야기였다.

'역시 허풍만은 아니었어!'

이렇게 되고 보니 어떻게 해서든 진운룡을 끌어들여 아버지를 찾는 데 도움을 받고 싶다는 욕심이 일었다.

스스스스스!

진운룡의 기운이 스치고 지나가자 숲이 가볍게 몸을 떨었다.

"뭐가 있다는 거지?"

진운룡이 눈살을 찌푸렸다.

기운을 퍼뜨려 사방을 훑었지만 아무것도 느껴지지 않았기 때문이다.

소은설이 그제야 정신을 차리고 손가락으로 한 곳을 가리켰다.

"여기요! 안 보여요?"

진운룡이 눈을 가늘게 뜨고 소은설의 손가락 끝에 시선을 집중했다.

"대체 뭐가 있다는……. 혹시!"

순간 진운룡의 눈에서 빛이 번뜩였다.

"천령안(闡靈眼)?!"

상기된 목소리로 진운룡이 소리쳤다.

그의 얼굴은 시시각각으로 변했다.

천령안은 사물의 진실을 꿰뚫어 볼 수 있는 눈.

기의 흐름은 물론 사물 속에 숨겨진 본색까지 드러나게 하는 특별한 눈이었다.

천령안을 가진 사람은 진법이나 미로의 생문과 사문을 단번에 꿰뚫어 볼 수 있다.

비급이나 수련을 통해 얻는 것이 아니라 오로지 선천적으로 타고나야 하기에, 천령안을 가진 사람은 백 년에 한 명 나타날까 말까 할 정도로 희귀했다.

진운룡이 굳은 얼굴로 소은설을 바라봤다.

만일 소은설이 천령안을 가지고 있다면 모든 정황이 설명된다.

그녀가 혼원구궁마라진(混元九宮魔羅陣)을 뚫고 자신이 있는 곳까지 올 수 있었던 것과, 지금 자신의 기감으로도 확인할 수 없는 길을 찾아낸 것, 두 가지 모두 천령안을 대입해서 생각해 보면 이해가 되는 것이다.

"너, 대체 누구냐?"

진운룡이 소은설의 어깨를 틀어쥔 채 물었다.

그의 눈동자는 심하게 흔들리고 있었다.

이 진을 설치한 여인 역시 천령안을 가지고 있었다.

똑같은 얼굴, 목 뒤의 점, 거기다 천령안까지 우연이라기엔 너무도 공교로운 일이었다.

갑작스러운 진운룡의 행동에 놀란 소은설이 당황해 소리쳤다.

"무, 무슨 소리예요? 여기 분명히 길이 있는데, 그렇게 겁이 나면 당신은 그냥 여기서 천년만년 살라구요! 나는 목숨을 걸고서라도 반드시 여기를 빠져나갈 테니!"

소은설은 진운룡이 두려움 때문에 자신을 막고 있다고 생각했다.

몸을 휙 돌려 숲으로 들어서는 소은설을 진운룡은 복잡한 얼굴로 바라봤다.

백삼십 년 전 그녀와 너무도 똑같은 여인. 게다가 범인은 가질 수 없는 천령안까지…… 마치 그녀가 환생이라도 한 것 같았다.

머릿속을 맴도는 의문들과 자꾸만 그의 마음을 흔드는 묘한 불안감의 정체는 무엇이란 말인가.

그리고 천령안 외에도 반드시 확인하고 싶은 것이 하나 더 있었다.

만일 그것이 사실이라면 자신에게 걸린 저주를 풀 열쇠가 될 수도 있는 중요한 문제였다.

'여령…….'

고민하던 진운룡의 시선이 모옥 옆 무덤으로 향했다.

"미안……. 더는 그대와의 약속을 지키지 못 하겠군……."

잠깐 동안 무덤을 바라보던 진운룡이 결심한 듯 소은설의 뒤를 따랐다.

2장
세상으로 나가다

"장주님! 진화입니다!"

족히 이백 근은 넘어갈 것 같은 몸뚱이를 뒤룩거리며 장부를 살피던 초진도가 문밖에서 들려온 진화의 목소리에 고개를 들었다.

"들어오너라."

드르륵!

문을 열고 들어선 진화가 즉시 허리를 깊숙이 숙였다.

"왜 이리 늦은 게냐?"

다소 짜증이 묻어나는 목소리로 초진도가 물었다.

일이 일인 만큼 한 치의 빈틈도 있어서는 안 되었기 때문이다.

“실은…….”

잠시 망설이던 진화가 말을 이었다.

“도중에 문제가 좀 생겨서…….”

진화가 고개를 조아리며 초진도의 눈치를 살폈다.

초진도의 길게 찢어진 눈에 노기가 어렸다.

“지금 네놈이 나랑 장난이라도 치겠다는 것이냐? 문제라니! 내가 그토록 조심하라고 일렀거늘! 그 병신 같은 대가리에는 대체 뭐가 들은 게야!”

호통을 치는 초진도의 부풀어 오른 볼이 노화(怒火)로 부들부들 떨렸다.

“고, 고정하십시오. 문제가 있긴 했으나, 이미 다 해결된 것이나 마찬가지입니다.”

진화가 다급히 무릎을 꿇었다.

쾅!

“헛소리 말고, 어떻게 된 건지 당장 말해 보거라!”

노기를 풀지 않은 초진도가 책상을 내려치며 소리쳤다.

“그, 그것이…… 하오문 분타주의 딸년이 우리를 미행했던 모양입니다.”

“이런 병신 같은 놈들, 젓 비린내 나는 년이 쫓아오는 것도 몰랐단 말이냐?!”

진화의 이야기가 채 끝나기도 전에 벼루가 날아왔다.

진화는 감히 피하지 못하고 그대로 날아오는 벼루를 이마에 맞았다.

퍽!

이마가 터져 나가며 피가 튀었지만 진화는 신음조차 내뱉지 않았다.

"소, 송구합니다! 그 계집년의 은신술이 상당해서……."

"그래서 어찌 되었느냐."

초진도의 목소리가 차갑게 가라앉았다.

진화를 벌하는 것은 나중 문제고 당장에 중요한 것은 수습이다. 상황을 정확히 파악할 필요가 있었다.

만일 그 계집이 시체가 실려 있는 것을 목격했다면 반드시 제거해야 했다.

"다행히 그 계집이 몰래 숨어 있는 것을 발견하고 곧장 뒤쫓았습니다. 한데, 멍청하게도 계집년이 스스로 혈귀곡으로 들어가고 말았습니다."

"혈귀곡이라고? 확실하냐?"

초진도가 조금은 놀란 얼굴로 되물었다.

"그렇습니다. 그 계집이 혈귀곡 다리를 건너 안개에 휩싸이는 것을 제가 두 눈으로 똑똑히 확인했습니다."

초진도의 입가에 조소가 일었다.

혈귀곡에 들어갔다면 이미 죽은 것이나 마찬가지다.

"후후, 멍청한 년. 그나마 다행이군……."

"헤헤, 그렇습니다."

진화가 간사한 웃음을 지으며 초진도의 눈치를 살폈다.

"흥! 그렇다고 네놈의 죄가 없어지는 것은 아니다!"

웃음을 멈춘 초진도가 매서운 눈초리로 진화를 바라봤다.

"당장 네놈의 목을 쳐야 마땅하지만, 그나마 계집이 처리되었으니 한 번 더 기회를 주마. 만일 또다시 실수가 있다면 네놈의 목은 그 더러운 몸뚱어리와 작별 인사를 해야 할 것이다."

"가, 감사합니다. 장주. 반드시 명심하겠습니다!"

연신 고개를 조아린 진화가 혹시라도 초진도의 마음이 바뀔 새라 얼른 방을 나섰다.

"흥! 병신 같은 놈……."

도망치듯 허겁지겁 방을 나서는 진화의 뒤통수를 노려보던 초진도가 한 차례 욕지기를 토해 내곤 다시 장부로 눈을 돌렸다.

*　　　*　　　*

"흥! 결국엔 따라올 거면서, 괜한 자존심은……. 여기서 나가게 되면 다 내 덕인 줄 알라구요!"

소은설이 힐끔 뒤를 돌아보곤 코웃음을 쳤다.

위험하다느니, 천령안이라느니 하면서 갑자기 심각하게 분위기를 잡던 진운룡이 결국 자신의 뒤를 쫓아왔던 것이다.

소은설의 핀잔에도 낯빛 하나 변하지 않는 것을 보면 역시 처음 생각대로 어느 정도 허세가 있는 것이 분명해 보였다.

"흥!"

다시 한 번 콧방귀를 뀐 소은설이 걸음을 재촉했다.

한시라도 빨리 혈귀곡에서 나가 초가장에 대한 것을 밝히고 싶었던 것이다.

"가만!"

그때, 무언가 생각난 듯 소은설이 걸음을 멈췄다.

"생각해 보니 이거 내가 너무 손해 보는 장사 아닌가요?"

소은설의 눈꼬리가 치켜 올라갔다.

"만일 이대로 당신에 날 따라와서 혈귀곡을 빠져나가게 된다면, 내가 당신을 구해 주는 샘이나 마찬가지인데……."

소은설이 눈을 게슴츠레 뜨고 진운룡을 바라봤다.

"그럼 뭔가 보답이 있어야 하는 것 아닌가요? 설마, 그냥 날로 먹을 생각은 아니겠죠?"

진운룡의 입꼬리가 한쪽으로 말려 올라갔다.

"착각하는군. 어차피 니가 아니더라도 난 언제든지 빠져나갈 수 있거든?"

"아~! 그러세요? 그래서 그동안 모옥에서 꼼짝 않고 계셨어요?"

소은설이 비웃음 가득한 표정으로 눈을 흘겼다.

"그럼 여기서부터 앞장서시지요?"

"별로 그러고 싶지 않은데? 네가 정말 이곳을 빠져나갈 수 있는지 확인해 보고 싶거든."

진운룡은 소은설이 정말 천령안을 가지고 있는지 확인해 보고 싶었다.

소은설이 어이없다는 표정으로 진운룡을 쏘아봤다.

허세만 있는 줄 알았더니 능글맞기까지 했다.

"흥! 말은 참 잘하셔. 어쨌든 나를 따라오려면 절대 공짜로는 안 돼요!"

진운룡이 피식 웃음을 지었다.

"좋아. 그것도 나름 재미있겠는데? 그래 어떤 보상을 원하지?"

소은설의 눈동자가 빛났다.

가끔 사람 속을 살살 긁기는 해도 진운룡이 상당한 고수임에는 틀림없었다. 그에게서 도움을 받을 수 있다면 아버지 소진태를 찾는 일이 결코 불가능하지만은 않을 것 같았다.

“그렇다면 아버지를 찾는 것을 도와주세요.”

소은설이 진운룡의 눈치를 살피며 침을 꿀꺽 삼켰다.

그녀 혼자서 초가장을 상대하는 것은 불가능했다.

무공 실력이 떨어지는 하오문 문도들 역시 큰 도움이 안 되기는 마찬가지였다.

고수의 도움이 절실한 상황이었다.

물론, 무림맹 조사단에 알리는 수가 있었으나, 문제는 그녀의 말을 믿어 주느냐였다.

게다가 현재 무림맹 조사단이 머물고 있는 곳은 바로 초가장이었다. 조사 역시 초가장의 물적, 인적 지원 하에 이루어지고 있었다.

그러니 무림맹 조사단 역시 믿을 수 없었다.

“흐음……. 아버지를 찾는 것을 도와달라?”

무표정하게 잠시 소은설을 바라보던 진운룡의 얼굴에 묘한 미소가 어렸다. 소은설의 의도가 빤히 보였기 때문이다.

“좋아, 약속하지. 단, 니가 이곳을 빠져나갈 수 있다면 말이지.”

하지만 진운룡은 모른 척 소은설의 제안을 승낙했다.

“정말 약속하는 거죠?”

소은설의 얼굴에 화색이 돌았다.

자신의 의도대로 진운룡을 끌어들인 것이다.

물론, 진운룡 한 명의 도움만으로는 여전히 초가장을 상대하는 것은 무리였다.

하지만 전보다 희망이 생긴 것만은 분명했다.

"좋아요! 그렇다면 따라오세요!"

소은설이 의기양양한 얼굴로 다시 걸음을 옮기기 시작했다.

피식 웃은 진운룡은 조용히 그녀의 뒤를 따르며 주변을 살폈다.

그가 소은설의 뒤를 따르며 본 것들은 실로 놀라운 광경이었다.

분명 길이라고는 보이지 않는 울창한 숲 속이었는데, 신기하게도 마치 숲이 스스로 비켜나듯 소은설의 앞쪽으로 공간들이 생겨나고 있었던 것이다.

진운룡의 눈에는 절벽으로 가로막혀 있는 곳도 소은설이 가까이 다가서면 신기루처럼 사라지고 동굴로 변했다.

나무나 바위들도 살아 있는 것처럼 그녀를 피해 스스로 물러나거나 비켜섰다.

다른 이들이 봤다면 몇 번이고 비명을 질러 댔을 기괴한 일이었다.

정작 당사자인 소은설은 그 사실을 전혀 모르는 듯 아무런 생각도 없이 씩씩하게 걸음을 옮기고 있었다.

"어라? 길이 여기서 뒤쪽으로 꺾이네."

"왼쪽이네, 왼쪽!"

소은설은 연신 입을 쉬지 않았다.

물론, 그때마다 여지없이 공간이 생겨났다.

두 사람이 함께 움직인 지 반 시진 정도 되었을 때였다.

스스스스!

갑자기 사방에서 안개가 몰려오기 시작했다.

"엇! 이 안개는?"

소은설이 깜짝 놀라 걸음을 멈췄다.

처음 혈귀곡에 들어왔을 때 그녀를 덮쳤던 바로 그 기묘한 안개였기 때문이다.

"안개를 들이마시면 안 돼요!"

소은설이 다급히 소리치며 입과 코를 막았다.

진운룡이 너무도 무방비한 상태로 서 있었기 때문이었다.

'저런 바보! 이럴 때도 허세를 부리다니!'

안개가 점점 짙어지며 두 사람 코앞까지 다가온 순간이었다.

후우우웅!

진운룡의 몸으로부터 예의 그 기파가 퍼져 나왔다.

그러자 놀랍게도 안개가 무언가 벽에라도 막힌 듯 두 사람 주변을 둥글게 둘러싼 채 더 이상 접근하지 못하는 것이 아닌가.

"와! 대단해요!"

소은설이 자기도 모르게 탄성을 터뜨렸다.

"혼몽연(昏夢煙)이라……. 정말 출구에 도착한 모양이군."

진운룡이 흥미로운 눈으로 소은설을 바라봤다.

천령안을 가지고 있다는 사실이 확인 된 것이다.

'대체 그녀와 무슨 관계일까? 혹시 후손?'

어쩌면 그럴지도 몰랐다.

'하지만 이토록 똑같다니…….'

담천은 복잡한 눈으로 소은설을 바라봤다.

그녀는 안개가 접근하지 못하고 주변을 맴도는 신기한 현상을 보며 연신 탄성을 질러 대고 있었다.

하기야 태어나서 제녕 땅을 벗어나 본 적 없는 그녀가 기막(氣膜)을 만들어 내는 고수를 접해 봤을 리가 없었다.

"흠!"

진운룡이 헛기침을 했다.

"여기서 날을 샐 생각은 아니겠지?"

그제야 소은설이 호들갑을 멈췄다.

"아! 무, 물론 움직여야죠."

소은설이 조금은 겸연쩍은 표정으로 다시 걸음을 옮겼다.

"어?!"

막 걸음을 옮기던 소은설이 갑자기 환한 얼굴로 소리쳤다.

"출구예요! 와! 우리가 정말 혈귀곡을 빠져나왔어요!"

소은설이 가리키는 곳에는 희미한 빛이 새어 들어오고 있었다. 어둡고 칙칙한 주변의 풍경과는 이질감이 느껴지는 곳이었다.

소은설이 한 걸음 앞으로 움직이자 어둠이 좌우로 물러나며 빛이 더 밝아졌다.

화아아악!

그리고 바깥 쪽 풍경이 드러나기 시작했다.

이제껏 그 누구도 살아 돌아온 적이 없다는 혈귀곡을 기적처럼 벗어난 것이다.

"하하하하! 내가 해내다니! 이건 분명 하늘이 도운 거야!"

소은설이 환호성을 지르며 빠른 걸음으로 혈귀곡을 빠져나갔다.

이미 출구에 도착했음을 알고 있던 진운룡은 담담한 표정으로 소은설을 따랐다.

그의 시선은 소은설의 뒷모습을 담고 있었다.

'여령……. 어떻게 된 거요? 당신의 장난이오?'

혈귀곡 밖에 첫 발을 내딛은 진운룡의 얼굴에 슬픈 미소가 잠시 머물다 빠르게 사라졌다.

*　　　*　　　*

"오라버니. 오늘은 어디를 조사할 거야?"

임설향이 초롱초롱한 눈으로 자신의 친 오라비인 임덕화에게 쪼르르 달려갔다.

요 며칠 조사를 핑계로 호수와 운하로 유명한 제녕의 풍광을 구경하느라 신이 난 그녀였다.

그래서 오늘도 이른 아침부터 오라비의 처소로 득달같이 달려온 것이다.

이제 막 스무 살이 된 그녀가 무림맹 조사단에 합류할 수 있었던 것은 이번 조사단 임무를 맡은 곳이 바로 그녀의 아버지 임혁태가 문주로 있는 연주(兗州) 제검문(制劍門)이었기 때문이다.

사실 제녕이 그리 작은 도시는 아니었으나, 상업과 관광이 발달한 것에 비해 무림과의 연계는 거의 없어서 어느 정도 규모 있는 문파가 전무하다시피 했다.

그러다보니 근처에 무림맹 지부도 없었고, 그나마 가장 가까운 곳에 위치한 중견 문파가 연주의 제검문이었던 것이다.

그런 이유로 무림맹에서 제검문에 이번 사건의 조사를 맡긴 것이다.

제검문은 무당의 속가 문파였다.

가주 임혁태는 이미 절정에 이른 고수였고, 임혁태의 부인은 산동의 패자인 황보세가 출신이어서 연주 근방에서는 상당한 위세를 떨치고 있었다.

"글쎄 오늘은 소양호 쪽에 한 번 가 볼까?"

나른한 표정으로 임덕화가 두 팔을 쭉 뻗으며 기지개를 켰다.

"좋아! 좋아! 홍 부대주가 또 잔소리하기 전에 빨리 가자!"

홍 부대주라는 말이 나오자 임덕화가 눈살을 찌푸렸다.

제검문주 임혁태는 이번 사건의 조사에 올해 스물다섯 살이 된 첫째 아들 임덕화를 책임자로 보냈다. 제검문 후계자로서 경험을 쌓을 좋은 기회라고 여겼기 때문이다.

아직 경험이 일천하고 성격이 급한 임덕화를 보좌하기 위해 제검문의 정예인 제검대 스무 명도 함께 보냈는데, 그중에는 제검대 부대주인 홍천상도 있었다.

임덕화는 아직 나이가 어려 진중한 면이 부족했다.

그에 비해 제검대 부대주 홍천상은 나이가 쉰둘에 이른 중견 무사로 우직하고 항상 진지한 인물이었다.

임혁태는 그런 그가 자신의 아들을 제대로 이끌어 주기를 원했던 것이다.

"대공자님. 홍 부대주입니다."

호랑이도 제 말 하면 온다더니 임설향의 말이 채 끝나기도 전에 방문 밖에서 홍천상의 목소리가 들려왔다.

"아휴! 내 이럴 줄 알고 오늘은 일찍 왔는데!"

임설향이 입술을 삐죽 내밀고 불평을 했다.

"들어오십시오."

못마땅한 얼굴로 임덕화가 홍천상을 방으로 들였다.

아무리 자신이 제검문의 후계자라 해도 문파 내에서 인망이 높은 홍천상을 무시할 수 없었기 때문이다.

"공자님 조사가 시작된 지 벌써 보름이 지났습니다. 한데, 저희가 알아낸 것은 아무것도 없지 않습니까?"

들어오자마자 홍천상이 쓴 소리를 늘어놓기 시작했다.

"이러다가 자칫 강호인들에게 제검문의 능력이 의심받게 되지 않을까 걱정입니다."

"사건 자체가 워낙에 기이한데다, 좀처럼 범인들의 흔적이나 실마리가 발견되지 않는데 낸들 어쩌란 말입니까? 모두 불에 타서 증거조차 아무것도 남지 않은 상황이 아닙니까? 이런 상태에서 범인을 알아내는 것은 사실상 불가능이나 마찬가지라 생각합니다."

임덕화가 짜증이 어린 목소리로 말했다.

그의 말도 틀리지 않은 것이, 사실 처음에 제녕에 도착했을 때는 임덕화도 사건을 해결하기 위해 의욕적으로 조사에 나섰었다.

자신이 처음 책임자로 나선 임무이기도 했고, 무림맹의 관심을 받는 사건인지라 강호에 이름을 알릴 기회라고 생각했기 때문이다.

하지만 열흘 동안 발견한 것이라고는 범인들이 지하 비밀통로를 이용해 환자들을 옮긴 후 통로를 다시 매몰시켰다는 것뿐이었다.

그나마 그 사실도 하오문 제녕 분타주 소진태가 문도들을 동원해 잿더미를 모두 파낸 후 알아낸 것이다.

이후로 증거는커녕 조그마한 실마리조차 발견할 수가 없었다.

이렇게 되자 임덕화도 점점 의욕이 떨어질 수밖에 없었다.

결국 몸도 마음도 지친 임덕화는 이제는 거의 포기하다시피한 상황인 것이다.

본래가 힘든 일을 싫어하고 성격이 폭급한 임덕화가 이만큼 버틴 것도 사실은 대단하다 할 수 있다.

"공자님께서 결과가 나오지 않아 실망하신 마음은 충분히 이해합니다. 하지만 그렇다고 이대로 포기하신다면 훗날 이처럼 어려운 일이 닥쳤을 때 또다시 도망치게 될 것입니다."

임덕화의 눈썹이 꿈틀했다.

"말씀이 심하십니다. 도망치다니요! 제녕에 온 후로 무려 열흘이나 이 사건에 매달렸으면 저도 할 만큼 한 거 아닙니까! 지금 상황에서 부대주께서는 무슨 뾰족한 수라도 있단 말씀입니까?"

얼굴이 붉게 상기된 임덕화가 목소리를 높였다.

"제 이야기가 주제넘었다면 사죄드리겠습니다. 하지만 하오문을 좀 더 닦달해서라도 정보를 더 끌어 모아 조금의 성과라도 얻어 내야 합니다. 그 모든 것이 다 결국 공자님의 업적이 될 것임을 잘 아시지 않습니까? 산동 무림에 공자님의 이름을 알릴 절호의 기회를 절대 놓쳐서는 안 됩니다."

다음 대 후계자인 임덕화의 이름이 높아질수록 제검문의 미래 역시 탄탄해지는 것이다.

또한 이번 기회는 산동 구석에 머물고 있는 제검문이 좀 더 넓은 곳으로 나아갈 좋은 기회이기도 했다.

자신보다 연배가 훨씬 높은 홍천상이 사죄를 하자 임덕화도 더는 화를 낼 수 없었다.

하지만 여전히 귀찮은 것은 마찬가지였다.

"비천한 하오문 따위에게 무엇을 기대하겠습니까? 어차피 그동안 그자들이 알아낸 거라곤 겨우 범인들이 지하통로를 이용해 환자들을 옮겼다는 것뿐입니다. 게다가 하오문은 지금 분타주가 실종된 탓에 정신이 없지 않습니까? 닦달한다고 해서 우리를 돕는다고 나서겠습니까?"

못마땅한 표정이 역력한 얼굴로 임덕화가 말했다.

출신이 비천한 하오문도들과는 별로 엮이고 싶지 않았던 것이다.

게다가 얼마 전 제녕 분타주인 소진태가 실종된 뒤로 하오문은 정보 수집을 중단하고 소진태를 찾기 위해 모든 총력을 기울이고 있는 상황이었다.

결국, 그들에게 아쉬운 소리를 해야 하는데, 제검문의 후계자인 자신이 그런 자들에게 고개를 숙일 수는 없었다.

"물론, 그런 자들에게 아쉬운 소리를 하고 싶지 않으신 공자님의 마음도 이해는 합니다만, 당장에 제녕에서 그들만큼 뛰어난 정보수집 능력을 가진 곳은 없으니 어쩔 수 없는 일입니다. 그리고 제 생각에는 분타주의 실종 역시 이번 사건과 무관하지 않다고 봅니다."

분타주 소진태는 이번 사건의 조사를 돕는 데 가장 열성적으로 참여한 자였다.

게다가 실종되기 전 만났을 때, 무언가 실마리를 발견했으니 좀 더 조사한 후 확실해지면 말해 주겠다며 헤어졌었다.

그 뒤로 바로 사라져 버렸으니, 당연히 의심할 수밖에 없는 상황이었다.

홍천상이 최대한 설득해 보았으나 임덕화는 요지부동이었다.

"그럼 부대주께서 알아서 하세요. 저는 더는 의미 없는 일에 심력을 소모하고 싶지 않습니다. 아버지께서 부대주를 저와 함께 보내신 이유가 다 이런 자잘한 일들을 처리하라는 것 아닙니까? 책임자인 제가 일일이 다 움직여야 한다면 대체 부대주께서는 왜 이곳에 온 것입니까. 그저 잔소리나 늘어놓으려 따라오신 겝니까? 하오문을 닦달하든, 부대주께서 문도들을 이끌고 직접 조사를 하시든, 뭔가 확실한 증거를 발견하기 전까지 더는 저에게 그 일에 대해 말하지 마십시오!"

임덕화가 짜증이 가득한 얼굴로 고개를 돌려 홍천상을 외면했다. 축객령을 내린 것이다.

잠시 흔들리는 눈으로 임덕화를 바라보던 홍천상이 길게

한숨을 내쉬곤 자리를 떠났다.

"아휴! 꼰대! 진짜 짜증나!"

홍천상이 방을 나가자 임설향이 불평을 쏟아 냈다.

그녀는 사건의 조사에는 애초부터 관심도 없었고, 이번 기회에 바깥 구경을 실컷 할 수 있다는 사실이 마냥 즐거웠을 따름이다.

당연히 홍천상이 못마땅할 수밖에 없었다.

"흥! 부대주는 신경 쓰지 말고 우린 소양호나 가자. 일단 초 장주에게 미리 준비 좀 해 달라 부탁해야겠다."

임덕화가 자리에서 일어서 걸음을 옮겼다.

그간 초진도가 아예 배 한 척를 임덕화에게 빌려 주고 호수 위에서 수려한 풍광을 배경으로 술과 요리를 즐길 수 있도록 배려해 주었다.

처음엔 잠시 머리도 쉴 겸 초진도의 제안을 받아들였으나, 이젠 재미가 붙은 임덕화였다.

"호호호! 역시 오라버니가 최고야!"

임설향이 신이 나서 폴짝거리며 임덕화의 뒤를 따라나섰다.

*　　　　*　　　　*

주루와 식당이 밀집해 있는 제녕의 번화가를 두 남녀가 두리번거리며 걷고 있었다.

검은 무복 차림의 여인과 평범한 경장차림의 청년이었다.

그중 청년은 평범한 옷차림에도 불구하고 주변의 시선을 한 몸에 받을 만큼 뛰어난 외모를 가지고 있었다. 청년이 걸음을 옮길 때마다 여기저기서 탄성이 들려왔다.

“무슨 사내가 저리 잘생겼어?”

“어머! 어쩜 저리 피부가 하얗지?”

청년이 걸음을 옮길 때마다 여기저기서 탄성이 들려왔다.

두 사람은 바로 혈귀곡을 빠져나온 진운룡과 소은설이었다.

“아, 진짜. 그 얼굴 어떻게 좀 할 수 없어요? 사람들이 자꾸 쳐다봐서 귀찮아 죽겠잖아요!”

소은설이 못마땅한 목소리로 투덜댔다.

“잘나게 태어난 게 내 잘못인가? 정 못마땅하면 돌아가신 우리 부모님한테 따지든가.”

진운룡이 시큰둥한 얼굴로 말했다.

“와! 진짜 재수 없어! 왕 짜증나!”

소은설이 어이가 없다는 듯 진운룡을 바라봤다.

혈귀곡을 벗어나더니 특유의 뻔뻔함이 더 심해진 듯했다.

고개를 절레절레 흔든 소은설이 진운룡을 외면한 채 걸음

속도를 높였다.

"근데, 대체 어딜 가려는 거냐?"

진운룡이 궁금한 듯 물었다.

"하오문 제녕 분타요."

그녀가 혈귀곡을 나오자마자 제녕 시내로 향한 이유는 일단 하오문 동료들을 만나기 위해서였다.

그들과 의논한 뒤 초가장의 일을 무림맹 조사단에게 말할 것인지, 아니면 따로 움직일 것인지 결정하려는 것이다.

무림맹 조사단으로 온 제녕문 무사들이 혹시 초가장에 매수되었을 가능성도 전혀 배재할 수 없는 상황이었기에 함부로 먼저 그들에게 사실을 알릴 수는 없었기 때문이다.

게다가 조사단이 머무는 곳은 호랑이굴인 초가장이었다.

이야기를 꺼내자마자 초가장 무사들에게 둘러싸이게 될 것이다. 그에 대한 대비도 해야 했다.

"하오문 사람이었나?"

"네."

"오호! 그럼 기녀? 기녀치곤 몸매가 좀 빈약한데……."

진운룡이 눈을 가늘게 뜬 채 소은설을 위아래로 훑어봤다.

"무, 무슨 소리예요! 기녀 아니거든요! 그리고, 내 몸매가 뭐가 어때서요? 엉? 이만하면 나올 때 나오고, 들어갈 때 들어가고, 어디 가도 빠지지 않지!"

소은설이 목에 핏대를 올리며 소리치자 주변 사람들이 모두 무슨 일인가 하여 쳐다봤다.

"쯧쯧, 무슨 여자애가 그런 이야기를 부끄러운 줄도 모르고 크게 떠드냐?"

진운룡이 혀를 차며 소은설을 외면했다.

"어휴! 속 터져! 정말! 내 상대를 안 하고 말지!"

얼굴이 벌게진 소은설이 재빨리 속도를 높여 거리를 빠져나갔다.

몇 개의 골목을 지난 뒤 소은설이 걸음을 멈췄다.

"여기예요!"

퉁명스러운 목소리로 소은설이 모퉁이의 양화루라는 주루를 가리켰다.

그다지 고급은 아니었으나, 삼층으로 이루어진 제법 규모가 큰 주루였다.

"어서 옵쇼!"

안에 들어서자 점소이가 허리를 직각으로 꺾으며 꾸벅 절을 했다.

"두 분이시면 이쪽으로 오시지요!"

능숙한 몸놀림으로 점소이가 두 사람을 빈 탁자로 안내했다.

점소이의 안내를 받은 두 사람이 막 자리에 앉은 순간이었다.

"어라? 이게 누구신가? 소 낭자가 아니신가?"

이층으로 올라가는 계단에서 텁석부리 장한 하나가 비릿한 미소를 지은 채 소은설을 노려보는 것이 아닌가.

키는 칠 척이 훌쩍 넘어갔고, 온몸이 근육질로 뭉쳐 있는 것이 힘깨나 쓰게 생긴 자였다.

호랑이 눈에 얼굴이 온통 수염으로 뒤덮인 장한이 소은설과 진운룡을 향해 다가왔다.

"오호라! 그새 나를 놔두고 다른 놈팡이랑 바람을 피운 것인가?"

입가에 음흉한 미소를 띤 장한이 주먹을 우두둑 거리며 말했다.

그때였다.

퍽!

소은설이 갑자기 벌떡 일어나더니 장한의 정강이에 발길질을 날리는 것이 아닌가.

"악!"

정강이를 야무지게 가격당한 텁석부리 장한이 비명을 지르며 바닥에 주저앉았다.

"이 대가리에 피도 안 마른 자식이 누님한테 뭐? 어이 소

낭자?"

눈에 쌍심지를 켠 소은설이 주먹을 추켜올리자 거구의 장한이 재빨리 팔을 들어 머리를 막았다.

"누, 누님! 잠깐 장난 좀 친 거 가지고 뭘 그러세요!"

아픔 때문인지 장한의 눈에서는 눈물이 찔끔거렸다.

"뭐, 장난? 내가 지난밤에 얼마나 개고생을 했던 지나 알고 니가 성질을 건드리냐? 엉?"

소은설의 주먹이 사내의 팔을 피해 뒤통수에 작렬했다.

퍽!

"아야! 누, 누님 살려 주세요! 용태 죽습니다!"

씩씩대며 몇 대를 더 때린 소은설이 주먹질을 멈췄다.

"됐고, 숙부님은 어디 계셔?"

"사, 삼층에서 제검문 분들을 만나고 계세요."

스스로를 용태라 밝힌 장한이 뒤통수를 어루만지며 말했다.

그의 표정에는 억울함이 가득했다.

평상시에도 자주하던 장난이었는데, 갑자기 소은설이 과민반응을 보이고 있었다.

소은설은 용태의 불만 어린 모습을 외면한 채 생각에 잠겼다.

'제검문이라면 이번 무림맹 조사대를 말하잖아? 대체 무

엇 때문에 숙부님을 찾아온 거지?'

지금 당장 올라가 숙부를 만나고 싶었지만, 무림맹 조사대가 있는 데서는 말을 꺼내기가 조심스러웠다.

'혹시 그들도 무언가 실마리를 발견한 거라면 이야기하기 편할 텐데…….'

하지만 그것은 희망사항일 뿐이었다.

하오문 분타주인 아버지 소진태 조차 확신하지 못했던 일을 제검문에서 알아냈을 리가 없었다.

"일단 식사나 하면서 기다리죠. 제검문 사람들이 나오면 그때 올라가야겠어요."

"그러든지."

소은설의 말에 진운룡이 심드렁한 얼굴로 고개를 끄덕였다.

"저 은설 누님? 한데, 옆에 분은 누구십니까……?"

그때 탁자 옆에서 눈치를 보며 쭈그리고 있던 용태가 슬그머니 물었으나, 소은설이 고개를 돌려 째려보자 흠칫 놀라 자라목을 하고 움츠러들었다.

"아버지 찾는 것을 도와줄 분이야. 보기엔 샌님 같지만 고수거든."

"분타주님을요?"

용태가 화들짝 놀라 일어섰다.

"에이, 별로 고수같이 보이지 않는데요? 사내가 이렇게 여리여리해서야 힘이나 쓰겠어요?"

진운룡은 아무리 봐도 무공을 익힌 사람 같지가 않았다.

용태가 어렸을 때 몰래 훔쳐보곤 했던 동네 무관의 사범들만 해도 근육이 쇠처럼 단단했고, 눈을 부릅뜨면 움찔하게 하는 서늘한 기세가 느껴졌다.

한데 진운룡은 근육은커녕 아무런 기운도 느낄 수가 없었던 것이다.

"오호라! 지금 내말에 토를 달았다 이거지?"

소은설의 눈꼬리가 하늘로 치켜 올라갔다.

"아이고, 감사합니다! 누님이 분타주님 때문에 걱정이 많았는데, 이렇게 고수분이 도와주시게 되었으니 이제 좀 마음이 놓입니다!"

얼른 표정을 바꾼 용태가 허겁지겁 허리를 숙이며 몇 번씩 감사 인사를 했다.

"흥! 그만하면 됐어."

소은설이 화가 어느 정도 누그러진 목소리로 말했다.

사실 용태에게 화가 난 것 보다는 초가장 무사들에게 쫓기며 신경이 날카로워진 탓에 괜한 화풀이를 한 것뿐이었다.

게다가 진운룡때문에 쌓였던 울화도 용태를 두드려 패고

나니 조금 후련해지는 듯했다.

물론 용태에게는 조금 미안한 일이었다.

진운룡은 두 사람을 흥미로운 표정으로 바라봤다.

아무리 봐도 용태라는 털북숭이 장한이 소은설 보다 열 살은 더 먹어 보였는데, 하는 모양은 마치 누이와 동생처럼 행동하고 있었기 때문이다.

"아! 이 아이는 하오문 제녕 분타 막내 용태예요. 생긴 건 이래도 아직 열다섯밖에 안 됐어요. 어릴 적에 산에서 약초를 잘못 주워 먹어서 이렇게 됐다네요."

진운룡이 이상한 얼굴로 쳐다보는 것을 눈치챈 소은설이 재빨리 용태를 소개했다.

"안녕하십니까. 형님! 정식으로 인사드리겠습니다. 하오문의 귀염둥이 용태라고 합니다! 잘 부탁드립니다요!"

용태가 해맑게 웃으며 진운룡에게 꾸벅 절을 했다.

"열다섯? 허……. 서른이라 해도 믿겠는데?"

"헤헤, 그렇죠, 형님?"

"웃기는?"

소은설이 흘겨보자 용태가 얼른 웃음을 멈췄다.

"어? 누님. 제검문 사람들이 내려오는데요?"

그때 용태가 갑자기 계단 쪽을 보며 속삭였다.

동시에 소은설과 진운룡의 시선이 계단으로 향했다.

여섯 명이 함께 이층 계단을 내려오고 있었는데, 가장 앞에 있는 두 사람은 제검대 부대주 홍천상과 소은설의 숙부인 소진혁이었다.

소진혁은 현재 실종된 분타주 소진태를 대신해 제녕 분타를 이끌고 있었다.

"숙부님!"

소은설이 얼른 소진혁에게 달려갔다.

"은설이 아니냐? 어제는 어딜 갔던 게냐? 게다가 그 상처들은 대체 어떻게 된 것이고?"

소진혁이 걱정스러운 표정으로 말했다.

혈귀곡에서 나온 뒤 옷을 바꿔 입기는 했으나, 얼굴의 긁힌 상처들은 가릴 수 없었던 것이다.

"실은……."

말을 꺼내려던 소은설이 제검문 사람들을 슬쩍 쳐다봤다.

"숙부님께 따로 말씀드릴 것이 있어요."

소은설이 제검문 사람들을 경계하는 것을 눈치챈 소진혁이 고개를 끄덕였다.

"그래? 그럼 위로 올라가도록 하자. 이거 질녀(姪女)가 중요한 용건이 있는 듯하여 멀리 나가지는 못할 것 같습니다. 부디 살펴 가십시오."

소진혁이 홍천상에게 정중하게 인사를 했다.

"아닙니다. 이번 사건에 저희에게 도움을 주시기로 하신 것에 그저 감사할 따름입니다."

눈을 빛내며 소은설과 진운룡을 살피던 홍천상이 괜찮다며 수하들을 이끌고 주루를 나섰다.

*　　　*　　　*

삼층으로 올라간 소은설과 소진혁은 탁자를 사이에 두고 마주 앉았다.

소진혁은 소진태의 동생으로 가는 눈과 좁은 턱, 세 갈래로 뻗어난 얇은 수염 등 전체적으로 쥐를 닮은 추레한 외모를 가지고 있었다.

검은 머리보다 흰 머리가 많아 나이보다 늙어 보이긴 했으나, 실제 나이는 올해로 쉰두 살에 불과했다. 물론, 일반인이라면 결코 적은 나이가 아니었으나, 무인으로 본다면 아직 한참 때라고 할 수 있었다.

"그런데 옆의 젊은이는……."

눈을 가늘게 뜬 소진혁이 콧수염을 쓰다듬으며 진운룡을 바라봤다.

하오문 분타는 함부로 공개하는 곳이 아니었다.

한데 자신의 조카가 처음 보는 자를 데려온 이유가 궁금했던 것이다.

"아! 아버지를 찾는 것을 돕기로 한 분이에요. 이봐요. 숙부님께 인사드리세요."

소은설이 진운룡의 팔을 툭 쳤다.

"진운룡이라 하오."

진운룡이 시큰둥한 표정으로 던지듯 내뱉었다.

"크흠……."

소진혁이 떨떠름한 얼굴로 헛기침을 했다.

자신보다 서른 살은 더 어려 보이는 진운룡이 어이없게도 평대를 했기 때문이다.

그렇지만 하오문 소속이라면 워낙에 강호에서 무시를 하니, 이해가 가지 않는 것도 아니었다.

그는 아마도 진운룡이 어딘가 중견 문파의 후기지수라 생각하고 씁쓸한 미소를 지었다.

"하여간 성질머리 하곤……. 숙부님 원래 이런 사람이니 개의치 마세요."

소은설의 비난에도 진운룡은 아무렇지도 않은 듯 코웃음을 쳤다.

"크흠……. 흠, 인사는 뭐 됐고, 할 말이라는 것이 무엇이냐?"

여전히 떨떠름한 표정으로 소진혁이 물었다.

제검문 사람들을 보내고 따로 이야기해야 할 정도의 중요한 이야기가 무엇인지 의아했던 것이다.

"아버지의 실종에 대한 일이에요."

소진혁의 표정이 굳었다.

현재 제녕 분타에서 가장 중요시 하고 있는 일이 바로 분타주 소진태를 찾는 일이었다.

게다가 소진태는 자신의 친형이었다.

분타주 대리라는 위치 때문에 겉으로 내색은 못하지만, 속은 타들어 가고 있었다.

"혹시 아버지가 실종되기 전 초가장을 조사했다는 사실은 알고 계시나요?"

"초가장을?"

소진혁의 눈에 놀라움이 어렸다.

소진태에게 그런 이야기를 들은 적이 없었기 때문이다.

"저도 아버지가 실종되신 후 집에 남기신 자료들을 확인하다 우연히 알게 된 사실이에요."

"형님께선 초가장이 이번 사건과 연관이 있다 여기신 건가……."

소진혁의 미간에 주름이 잡혔다.

현재 초가장은 제녕에서 가장 강력한 실세였다.

그런 곳을 의심하고 조사하는 것은 매우 조심스러운 일이었다.

증거도 없는 상황에서 의문을 제기했다가 자칫 눈 밖에라도 나면 더 이상 제녕 땅에 발을 붙일 수 없게 될 수도 있다.

아마도 그래서 소진태는 다른 사람에게 알리지 않고 혼자 조용히 조사를 진행한 것이 분명했다.

확실한 증거를 잡기까지는 혼자 조사하는 편이 초가장의 이목도 속이기 쉽고, 그만큼 위험도도 낮아질 것이기 때문이다.

혹여 주변 사람들이 말려들게 될까 봐 걱정이 되기도 했을 것이다.

"그래서 요 며칠 네가 밤마다 없어졌던 것이냐?"

"네, 아버지가 발견한 것이 무엇인지 알아내기 위해 그동안 초가장을 감시했어요."

"그런 일이 있었으면 진즉에 내게 말을 해야지. 너 혼자 초가장을 감시하는 일이 얼마나 위험한지 알고 있는 게냐?"

소진혁이 혀를 차며 소은설을 꾸짖었다.

자칫 초가장 무사들에게 발각되기라도 한다면 소은설의 목숨이 위험할 수도 있는 일이었기 때문이다.

"죄송해요. 저도 확실한 것이 아무것도 없는 상태라 숙부께 말씀드리기가 쉽지 않았어요."

소진혁의 눈에 이채가 일었다.

"그럼 내게 왔다는 것은 확실한 증거를 발견했단 말이냐?"

상기된 목소리로 소진혁이 물었다.

"네!"

소은설의 목소리에 힘이 실렸다.

"사실 어젯밤 제가 사라졌던 것과 관계가 있어요."

소은설은 어젯밤 자신이 겪었던 일을 상세히 소진혁에게 설명했다.

시체들을 목격하고 초가장 무사들에게 쫓겨 혈귀곡에 들어간 일. 그리고 탈출해서 여기까지 온 일을 있는 그대로 이야기했다.

"뭐! 혈귀곡에 들어갔다고?"

소진혁이 깜짝 놀라 벌떡 일어났다.

"에이! 농도 정도껏 해라. 혈귀곡이 어떤 곳인데, 그곳에 들어가고도 살아 나왔다는 것을 나보고 믿으란 말이냐?"

소진혁이 콧방귀를 뀌며 고개를 절레절레 저었다.

사대금지라는 말이 괜히 생긴 것이겠는가.

이제껏 혈귀곡에 들어갔다 살아 나온 사람은 단 하나도 없었다.

한데, 자신의 조카가 멀쩡히 살아 돌아왔다니 도무지 믿을 수 없는 것이다.

"분명 사실이에요! 초가장 무사들도 제가 혈귀곡에 들어가는 것을 봤다니까요? 그리고 이 사람도 혈귀곡에서 저랑 함께 탈출했다구요."

소은설이 답답하다는 듯 목소리를 높였다.

"이, 이 친구도 혈귀곡에 있었단 말이냐?"

아직도 믿기 어렵다는 표정으로 소진혁이 물었다.

"네. 그는 혈귀곡에 남아 있던 유일한 생존자예요."

"허……."

소진혁은 말을 잇지 못했다.

초가장 무사들이 시체를 배로 날랐다는 이야기보다도 혈귀곡에 들어갔다 빠져나왔다는 사실이 그에게는 더욱 충격이었다.

중원 사대금지 중 하나가 깨진 것이다.

자신 앞에 그것을 증명하는 이가 둘이나 버티고 앉아 있으니 아니, 믿을 수도 없었다.

만일 이 사실이 강호에 알려진다면 여기저기서 난리가 날 것이다.

"허……. 초가장 무사들도 네가 혈귀곡에 들어간 사실을 알고 있다고 했지?"

"네."

이대로 소은설이 모습을 드러낸다면 그들 역시 귀신을 본 듯 놀랄 것이다.

"그럼 어차피 숨길 수도 없을 것 같고……."

소진혁은 어쩐지 골치 아픈 일에 휘말리게 될 것 같은 불길한 예감이 들었다.

"일단 그 문제는 나중에 생각하기로 하고. 초가장에 대한 사실을 어떻게 세상에 알릴 지부터 생각해 봐야겠구나."

조카가 직접 눈으로 확인한 것이니 초가장이 황포의원 화재를 일으킨 범인임은 확실했다.

한데 문제는 소은설의 증언 외에는 아무런 증거가 없다는 것이다.

현재로서는 초가장에서 발뺌을 하게 되면 아무것도 할 수 없는 상황이었다.

"확실한 증거 없이는 놈들을 엮을 수 없다. 먼저 증거를 잡아야 해."

소진혁의 말에 소은설의 안색이 어두워졌다.

결국은 원점으로 돌아온 것이다.

"그리고 당분간 너는 몸을 숨기는 편이 나을 것 같다."

초가장에서 소은설이 살아 있음을 알게 되면 가만 놔둘 리가 없었다.

"거참 쓸데없이 생각들이 많군."

그때 심드렁한 목소리로 진운룡이 중얼거렸다.

마치 혼잣말을 하듯 내뱉은 말이었으나, 소은설과 소진혁의 귀에 너무도 선명하게 들렸다.

“커험, 험…….”

소진혁의 작은 눈이 위로 치켜 올라갔다.

“거 아까부터 젊은 사람이 말을 너무 함부로 하는구만!”

“내가 워낙에 동안이라 그렇지, 보기보다 나이가 많소만.”

진운룡의 뻔뻔한 대답에 소진혁이 어이가 없는 듯 입을 다물지 못했다.

“허……. 그래? 대체 몇 살인가?”

기가 막힌다는 얼굴로 소진혁이 물었다.

“글쎄……. 백 살이 넘은 뒤로는 세어 본 적이 없어서…….”

진운룡이 미간을 찡그리며 무언가를 기억해 내려는 듯 생각에 잠겼다.

혈귀곡에 있은 지 이미 백삼십 년이 지났고, 혈귀곡에 들어오기 전에도 이미 백 살이 넘었던 그였다.

굳이 나이를 계산해 본 적이 없는 것이다.

소진혁은 물론 소은설까지도 똥 씹은 얼굴로 진운룡을 바라봤다.

소진혁은 이제는 아예 허탈한 얼굴로 물었다.

"허허, 그렇다면 자네가 반로환동이라도 했다는 말인가?"

"맞소만."

진운룡의 대답에 순간 정적이 흘렀다.

소진혁과 소은설의 머릿속이 복잡하게 돌아가기 시작했다. 특히 소은설은 침을 꿀꺽 삼키며 그동안의 기억을 되새겼다.

그러고 보니 이상한 점이 많았다.

최근 십 년 가까이 혈귀곡에서 실종된 사람은 한 사람도 없었다. 이미 혈귀곡의 악명을 모르는 이가 없었기에 그 누구도 혈귀곡에 함부로 들어가지 않았던 것이다.

그렇다면 진운룡은 최소한 그 안에 십 년 넘게 있었다는 이야기였다.

그의 나이는 많아야 스무 살로 보였는데, 그것은 곧 그가 적어도 열 살 이전에 혈귀곡에 들어갔다는 이야기.

열 살 꼬마가 들어가서 살아남을 정도로 녹녹한 곳이었다면 혈귀곡이 결코 중원 사대금지로 꼽히지 않았을 것이다.

게다가 현재의 황제가 누군 줄도 모르고, 백 년 전 왕인 건문제를 거론했다.

만일 진운룡이 진정 반로환동의 고수이고 백 살이 넘었다면 이 모든 게 이해가 되었다.

'서, 설마!'

진운룡이 진정 반로환동의 고수라면 그야말로 천군만마를 얻은 것과 마찬가지였다.

소은설이 동그래진 눈으로 진운룡을 바라봤다.

한편, 소진혁은 소진혁 대로 뜨끔한 상태였다.

진운룡의 자신만만한 태도와 강자만이 가질 수 있는 여유가 왠지 자꾸 그의 말이 거짓이 아닐 수도 있다는 느낌이 들게 했기 때문이다.

"노, 농담이겠지?"

소진혁이 조심스럽게 물었다.

대답을 하려던 진운룡이 갑자기 무언가 생각난 듯 멈칫했다.

'이미 백삼십 년이 지난 지금 내 정체를 밝혀 봐야 무슨 소용인가.'

생각해 보니 자신의 나이와 신분을 밝혀 봐야 귀찮은 일만 생길 것 같았다.

오늘처럼 일일이 사람들을 만날 때 마다 자신이 백 살이 넘었고, 반로환동 했다는 것을 설명해야 하는 상황이 계속될 게 분명했다.

게다가 예전 경험에 의하면 날파리들도 많이 꼬일 것이다.

'차라리 그냥 그들이 생각하는 대로 행동하는 게 편하겠군.'

얼른 마음을 바꾼 진운룡이 무표정한 얼굴로 말했다.

"당연히 농담이오."

"이, 이 사람이! 정말!"

얼굴이 붉게 상기된 소진혁이 너무 어이가 없어 손가락질만 하며 말을 잇지 못했다.

소은설은 아예 바닥에 털썩 주저앉아 있었다.

"에이! 진짜!"

잔뜩 기대했던 마음이 허물어지자 허탈감이 밀려오고 곧이어 짜증이 솟아올랐다.

"농담할 게 따로 있지! 당신 정말!"

소은설이 막 핏대를 올리며 따지려는 순간이었다.

"어차피 초가장이 범인인 것이 확실하다면 무엇 하러 증거를 찾는단 말이오?"

진운룡이 무슨 복안이라도 있는 듯 의미심장한 미소를 지으며 말했다.

"그래, 대체 어떤 복안이 있는 겐가?"

여전한 평대에 소진혁은 속이 끓어오르는 것을 간신히 가라앉히고 진운룡의 말을 기다렸다.

순간, 진운룡의 입 꼬리가 묘하게 위로 말려 올라갔다.

시리도록 창백한 그의 얼굴에 걸린 미소는 보는 이의 등골을 저릿하게 만드는 무언가가 있었다.

소은설과 소진혁은 마치 귀신에라도 홀린 듯 멍하니 진운룡을 바라봤다.

닫혀 있던 진운룡의 입술이 천천히 열렸다.

"쳐들어가서 모조리 족쳐 버리면 그만 아니겠소?"

잠시 멍하니 있던 소진혁이 어이를 상실한 표정으로 진운룡과 소은설을 번갈아 바라봤다.

마치 '대체 어디서 이런 미친놈을 데려온 것이냐?' 라고 묻는 듯했다.

소은설이 '끄응' 하는 신음을 토해 냈다.

진운룡이 원래 허풍이 있다는 사실은 알았으나, 이 정도면 중증이었다.

"자네는 대체 초가장이 어떤 곳인 줄이나 아는가?"

이제는 반쯤 포기한 소진혁이 허탈한 목소리로 말했다.

"글쎄올시다……. 어차피 그래 봐야 상인이라 들었는데, 뭐 대단할 것이 있겠소?"

뻔뻔한 진운룡의 대답에 소진혁은 당장에라도 주먹을 휘두르고 싶은 것을 간신히 참았다.

"이보게 그들은 보통 상인들이 아니야! 양주 염상과도 연계가 되어 있다고. 관은 물론 무림에도 연줄을 대고 제녕을 쥐락펴락 하는 자들이란 말이야! 게다가 무력도 어지간한 중소 문파를 능가한단 말일세!"

소진혁이 얼굴을 붉힌 채 열변을 토했지만, 그래서 어쩌란 말이냐는 듯 진운룡의 표정에는 아무런 변화가 없었다.

"허…… 참. 젊은 혈기도 좋지만, 지나치면 제명대로 못 사는 법이야."

소진혁이 못 말리겠다는 듯 혀를 차며 진운룡에게서 관심을 거두었다.

"뭐, 쉬운 길을 마다하고 꼭 증거를 먼저 찾아야겠다면 내가 가져다줄 순 있소."

툭 내뱉듯 진운룡이 말했다.

"그게 대체 무슨 소리예요?"

소은설이 눈을 크게 뜨고 물었다.

"조금 귀찮기는 하지만, 증거를 찾는 일이야 어려울 것이 없지. 초가장을 뒤져 보면 나올 테니."

소진혁이 헛웃음을 지었다.

진운룡이 또다시 허풍을 친다고 여긴 것이다.

하지만 소은설의 표정은 달랐다.

초가장으로 쳐들어가는 것은 무리였지만, 진운룡 혼자 초가장에 침투하는 일은 그것과는 전혀 다른 일이었다.

이미 혈귀곡에서 기척도 없는 진운룡의 움직임을 직접 겪어 봤던 그녀였다.

그 정도 은밀한 움직임이라면 충분히 초가장에 잠입해서 증거를 가져올 수 있을지도 모른다는 생각이든 것이다.

"정말 증거를 찾아다 주실 건가요?"

소은설이 진지하게 묻자 소진혁이 의아한 얼굴로 진운룡을 바라봤다.

'설마 저놈 말이 진짜라고 여기는 겐가?'

단지 허풍꾼이라 보기에는 소은설의 표정이 너무도 진지했다.

"도와주기로 했으니 그 정도는 해 줘야겠지. 별로 어려운 일도 아니고 말이야."

소은설의 눈동자가 빛났다.

"허……. 너도 덩달아 정신이 나간 게냐? 거기가 어디라고 함부로 들어가. 무사들 수만 이백 명이 넘어. 게다가 일류가 넘어선 자들도 수십 명이야. 초가장주가 제 놈 재산을 지키기 위해 얼마나 투자를 했는지 알기나 하는 게야? 괜한 객기들 부리지 말고 당분간 자중들 하고 있어!"

결국 듣다 못한 소진혁이 호통을 쳤다.

"도와주세요!"

소진혁의 호통에 아랑곳 않고 소은설이 간절한 얼굴로 말했다.

진운룡은 잠시 소은설의 두 눈을 뚫어져라 바라봤다.

마지막 순간 과거의 그녀가 보였던 눈빛과 너무도 닮아 있었다.

자신의 품에서 죽어 가던 그녀의 얼굴이 아직도 생생하게 기억났다.

—운 랑. 제발 약속해 줘요…….

간절하던 그녀의 목소리와 눈빛이 소은설의 얼굴과 교차했다.

'확실히 닮았어……. 하지만 그녀는 분명 그때 죽었지…….'

진운룡의 두 눈에 잠깐 동안 쓸쓸함이 어렸다 빠르게 사라졌다.

"좋아. 오늘 밤 움직이도록 하지."

진운룡이 고개를 끄덕이자 소은설의 두 눈에 눈물이 고였다.

겉으로는 강한 척 하며 씩씩한 모습을 보이던 그녀였지만, 결국 아직 열아홉밖에 안 된 소녀였다.

그만큼 그동안 마음고생이 심했던 것이다.

잠시 울먹이던 소은설이 다시 환하게 웃었다.

"좋아요! 신의가 있군요! 살려 준 보람이 있네요."

소은설이 진운룡의 팔을 툭 치며 한쪽 눈을 찡긋했다.

순간, 진운룡은 심장이 저릿해 왔다.

소은설의 속눈썹 위로 살짝 묻어 있는 눈물이 마지막 순간 '여령'의 감은 눈에 묻어 있던 눈물과 겹쳐졌기 때문이다.

물론, 그녀는 두 번 다시 눈을 뜰 수 없었다.

진탕되는 마음을 진정시키기 위해 진운룡은 급히 고개를 돌렸다.

그에 반해 소은설은 아무것도 모른 채 헤헤거리고 있었다.

아버지를 찾을 수도 있을 것이라는 희망 때문이었다.

물론, 진운룡이 초가장에서 반드시 증거를 발견할 수 있으리란 보장도 없었고, 초가장이 사건의 범인이란 증거를 발견한다 해서, 그것이 반드시 아버지를 찾는 열쇠가 될 것이라는 확신도 없었다.

하지만 아무것도 없던 상황에서 지금은 한 가닥 희망의 끈이 생겨난 것이다.

그 끈이 동아줄이 아닌 가느다란 실에 불과하다 해도 소은설은 결코 놓치고 싶지 않았다.

"허⋯⋯ 참."

뭐라 한 마디 하려던 소진혁도 그녀의 마음을 이해한 듯 더 이상 두 사람을 말리지 않았다.

3장
초가장

삼경이 넘은 초가장 동편 담벼락 위로 한 마리 야조(夜鳥)가 내려앉았다.

지붕에서 지붕으로 넘나들며 초가장 전각들 사이를 이동하던 야조가 훌쩍 뛰어오르더니 초가장주의 집무실이 있는 금원각 꼭대기에 올라섰다.

경비를 서는 호위들이나 순찰을 도는 경비무사들은 아무것도 눈치채지 못한 듯 고개조차 돌리지 않았다.

"장주가 머문다는 금원각이 이곳인가?"

무려 칠층에 이르는 금원각 지붕위에 걸터앉은 그림자에게서 나직한 목소리가 흘러나왔다.

그림자는 바로 진운룡이었다.

소은설과의 약속을 지키기 위해 초가장에 잠입한 것이다.

그가 전각들을 여기저기 훑으며 초가장을 들쑤시고 다녔음에도 그것을 알아차리는 자는 아무도 없었다.

"귀찮게 여기저기 뒤지느니, 알 만한 놈을 잡는 게 훨씬 쉽지."

예전부터 귀찮은 것은 딱 질색이었던 그였다.

진운룡은 우선 기감을 끌어올려 장주 집무실 안쪽을 살폈다.

초가장주인 듯한 인물이 안쪽에 홀로 있었고, 집무실 주변으로 매복해 있는 다섯 명의 기운이 느껴졌다.

아마도 비밀 호위들 쯤 되는 것 같았다.

그들은 진운룡이 머무는 지붕 바로 아래쪽에서 은신하고 있었음에도 그들의 머리 위에 진운룡이 있다는 사실을 전혀 눈치채지 못하고 있었다.

"호오……. 결코 평범한 상인은 아니군."

장주 집무실을 살피던 진운룡의 눈에 이채가 일었다.

초가장주로 짐작되는 자의 공력이 오히려 초가장의 무사들을 능가하고 있었기 때문이다.

느껴지는 공력의 양으로 짐작할 때 이미 절정은 넘어선 듯했다.

일반적인 상인이라고 보기엔 너무 뛰어난 무공을 가지고 있는 것이다.

'확실히 의심스럽긴 하군. 어디 놈을 잡아서 족쳐 볼까?'

만일 소은설의 말대로 초가장이 이번 사건에 개입되어 있다면, 초진도가 모든 것을 총괄했을 가능성이 높다.

초진도를 잡아 족친다면 사건의 전말을 알아내는 것은 물론, 증거를 얻는 일도 모두 단숨에 해결될 것이다.

스슷!

순간 금원각 지붕 위에 있던 진운룡의 신형이 연기처럼 사라졌다.

스스스스슷!

터터터터턱!

동시에 지붕 바로 아래 은밀한 공간에 매복해 있던 다섯 명의 호위가 비명도 지르지 못한 채 그대로 그 자리에 석상처럼 굳어 버렸다.

진운룡이 어느새 그들의 혈도를 짚은 것이다.

그의 신형은 이미 장주 집무실 창문 앞에 도달해 있었다.

단지 숨 한 번 쉴 정도의 짧은 시간에 다섯 호위를 행동불능의 상태로 만들었음에도 그것을 알아차린 이는 아무도 없었다.

진운룡은 열린 창문으로 초진도를 바라봤다.

적어도 삼백 근은 족히 나갈 듯 보이는 비대한 몸집, 가늘고 간사해 보이는 두 눈, 축 늘어진 볼 살까지 척 봐도 돈 많고 욕심 많은 상인의 모습이었다.

초진도는 진운룡이 창문 밖에 서 있는 줄도 모르고 장부를 살피는 데 집중하고 있었다.

'어디 네놈의 머릿속을 한 번 들여다볼까?'

초진도를 잡기 위해 막 몸을 움직이려던 진운룡이 문득 무언가가 생각난 듯 우뚝 멈춰 섰다.

'아니지……. 놈은 그 아이의 몫이지…….'

갑자기 자신에게 애원하던 소은설의 간절한 얼굴이 떠올랐던 것이다.

혹시라도 초진도가 소진태를 죽였다면, 그에 대한 복수를 할 자격이 있는 이는 오직 소은설뿐이니까.

자신의 역할은 그저 그것이 가능하도록 도움을 주는 것.

"그렇다면, 다른 놈을 잡아야겠군."

일단은 사건에 대해 알 만한 자를 색출해 내야 했다.

사건을 직접 지휘하고 계획에 참여한 핵심 인물들을 잡아야 하는 것이다.

"무공이 높은 놈들을 찾으면 되겠군."

물론, 수뇌 급 인물이라고 모두 무공이 높지는 않겠지만, 최소한 무공이 높은 자들은 그에 맞는 지위를 가지고 있을 것이 분명했다.

"어디 조금 놀아 볼까?"

화아아아아악!

진운룡의 입가에 비릿한 미소가 걸리는가 싶더니 그를 중심으로 사방으로 기파가 퍼져 나갔다. 기파는 계속 퍼져 나가 초가장 전체를 뒤덮었다.

진운룡은 눈을 감고 기감을 끌어 올렸다.

기파가 지나가는 곳의 반응들이 그대로 느껴졌다.

여기저기서 잠에서 깨거나 방을 나서는 인물들이 그의 감각에 잡혔다.

초진도 다음으로 강한 기운을 가지고 있는 이들은 장원 북서쪽에 하나, 동쪽에 둘, 북동쪽 전각에 하나 해서 모두 네 명이었다.

네 명이 거의 비슷한 공력을 가지고 있었던 것이다.

일단 북서쪽은 제외했다.

소진혁과 함께 있던 홍천상과 기운이 흡사했기 때문이다.

'두 놈이 있는 동쪽 전각이 좋겠군.'

최소한 두 사람 중 하나는 이번 사건에 대해 상세히 알고 있을 것이기 때문이다.

진운룡은 즉시 동쪽을 향해 몸을 날렸다.

*　　　*　　　*

“방금 그 기운은 뭐지? 자네도 느꼈나?”

호위단 부단주 왕호와 이야기를 나누고 있던 진화가 눈살을 찌푸리며 자리에서 일어섰다.

아주 미미했지만, 무언가 이질적인 기운이 느껴졌기 때문이다.

“무슨 기운 말씀이십니까? 저는 잘…….”

왕호가 어리둥절한 얼굴로 진회를 바라봤다.

“음……. 내가 잘못 느낀 것인가?”

진회 역시도 확실하게 느낀 것은 아니었기에 뭐라 말하기가 애매했다.

그래도 왠지 찜찜한 기분을 지울 수가 없었다.

“아이들에게 주변에 무슨 수상한 움직임이 없는지 조사해 보도록 하게.”

진회는 만약을 대비해 수하들에게 근처를 살피도록 하는 것이 좋겠다고 생각했다.

“알겠습니다.”

명을 받은 왕호가 막 문을 나서려는 순간이었다.

덜컥!

방문이 열리며 한 사내가 모습을 드러냈다.

"어딜 그렇게 급히 가려고?"

갑자기 나타난 사내는 바로 진운룡이었다.

그의 얼굴에는 여전히 차가운 미소가 걸려 있었다.

"누구냐!"

"침입자다! 게 아무도 없느냐!"

왕호와 진호가 다급히 소리쳤다.

하지만 아무런 반응도 느껴지지 않았다.

"저 아이들을 찾으시나?"

진운룡이 문에서 비켜나자 바깥 풍경이 드러났다.

"허억!"

진화와 왕호가 경악스러운 얼굴로 헛바람을 토해 냈다.

문밖에는 이미 경비를 서던 열 명의 무사가 바닥에 드러누워 있었기 때문이다.

진화의 얼굴이 딱딱하게 굳었다.

수하들이 모두 쓰러지는 동안 그 어떠한 기척도 느끼지 못했다.

게다가 밤에는 소리가 더 멀리 퍼져 나가기 마련인데, 방금 자신의 고함 소리를 듣고도 장원에서 아무런 반응이 없는 것도 이상했다.

그것은 곧 둘 중의 하나를 말했다.

진운룡이 장원의 다른 무사들을 모두 죽였든가, 아니면

자신들의 소리를 차단할 정도의 고수라는 이야기였다.

두 가지 경우 모두 진운룡은 감히 진화나 왕호가 감당할 수 없는 자였다.

진화는 왕호와 눈빛을 주고받았다.

정면 대결을 해 봐야 개죽음.

차라리 신호를 보내 침입자가 있음을 알리고 무사들을 불러 모아야 했다.

진화의 뜻을 눈치챈 왕호가 주춤주춤 책상을 향해 물러섰다.

책상 아래쪽에 잡아당기면 비상용 폭죽을 쏘아 올리는 줄이 숨겨져 있었다.

"대, 대체 원하는 것이 무엇이요!"

진화가 떨리는 목소리로 물었다.

진운룡의 관심을 자신에게 돌려 왕호의 행동을 숨기려는 것이다.

피슛!

"크악!"

하지만 그의 의도는 진운룡에게 전혀 통하지 않았다.

파공성과 함께 막 책상에 달린 끈을 잡아당기려던 왕호가 손목을 붙잡고 바닥에 주저앉았다.

어느새 그의 오른손은 손목 부근부터 뎅강 잘려져 땅에

떨어져 있었다.

"장난 칠 생각은 마라. 내가 좀 성질이 더럽거든."

진운룡의 차가운 목소리가 들려왔다.

그의 오른손 검지는 정확히 왕호를 가리키고 있었다.

지풍(指風)을 날려 왕호의 손목을 자른 것이다.

꿀꺽!

진화는 너무도 놀라 말도 잊은 채 석상처럼 제자리에 굳어 버렸다.

단지 지풍 만으로 사람의 손목을 잘라 냈다.

더욱이 진운룡이 어떻게 지풍을 쏘았는지 보지도 못했다.

'괴, 괴물!'

그의 머릿속에는 지금 눈앞에 서 있는 진운룡이 결코 인간으로 보이지 않았다.

우우우우웅!

그때, 진운룡의 몸으로부터 사위를 찍어 누르는 강력한 기운이 뿜어져 나왔다.

"크윽!"

쿵!

진화는 어마어마한 압력을 버텨 내지 못하고 그대로 바닥에 주저앉았다.

내장이 진탕될 정도로 강력한 기운이 방을 가득 채웠다.

손목이 잘린 왕호는 충격과 출혈로 인해 신음조차 흘리지 못하고 있었다.

진운룡의 입술이 천천히 열렸다.

"지금부터 너희에게 몇 가지 물을 것이 있다. 대답 여부에 따라 너희가 사느냐 죽느냐가 달려 있다. 물론, 쓸데없는 충성심으로 죽음을 택한다 해도 좋다. 그렇게 되면 나는 오랜만에 실컷 피 맛을 보게 되겠지."

살벌한 내용과는 다르게 너무도 차분한 진운룡의 목소리에 진화는 온몸에 소름이 돋는 것을 느꼈다.

어찌 보면 너무도 평범한 협박이었으나, 진운룡의 입에서 나오는 순간 그것은 절대적인 공포가 되었다.

극한의 두려움에 의해 사지가 그 끝에서부터 차츰 얼어붙어서 결국 눈꺼풀조차 움직일 수 없는 상태가 되었다.

먹이를 눈앞에 둔 포식자의 그것처럼 번들거리는 진운룡의 두 눈이 진화를 향했다.

"마음의 준비는 되었나?"

씨익!

진운룡의 입꼬리가 위로 말려 올라갔다.

순간, 굳어 버렸던 진화의 몸이 조금 풀렸다.

"차, 차라리 주, 죽여라……."

따닥거리며 떨리는 턱을 간신히 움직이며 진화가 저항

했다.

진운룡이 두렵긴 했지만, 자신이 속한 곳은 더욱 무서운 곳이었다.

진운룡의 말을 따르지 않으면 진화는 분명 고통스러운 죽음을 맞게 될 것이다.

하지만 자신이 속한 곳을 거역하게 되면 자신뿐 아니라 가족, 친구, 그와 관계된 모든 이들이 죽게 될 것이다.

어차피 죽을 목숨이라면 가족이라도 살리는 편이 나았다.

그리고 진화에게는 아직 어금니에 숨겨 놓은 독단이 있었다. 진운룡이 미처 고문을 하기 전에 자결을 할 생각이었다.

결심을 한 진화가 막 독단을 깨물려는 순간이었다.

"내가 분명 경고했었는데!"

차가운 목소리와 함께 진운룡의 눈동자가 노랗게 변했다.

우우우우웅!

동시에 진화는 마치 자신의 혼이 진운룡의 두 눈동자로 빨려 들어가는 것처럼 느꼈다.

머릿속이 하얗게 변하더니, 두개골이 깨져 나갈 듯 극심한 통증이 진화의 뇌를 들쑤셨다.

"으어어어어……."

곧이어 진화의 의지와는 다르게 턱이 제멋대로 열려 침이 흘러나왔다.

우드득!

피슈슛!

"우어어어……."

그리고 진화의 이빨들이 하나둘 뽑혀 나오기 시작했다.

"크아아악!"

진화의 처절한 비명 소리가 방 안을 가득 채웠다.

피슈슈슛!

생니가 통째로 뽑혀 나간 잇몸에서 핏물이 쏟아져 나왔다.

"뭐, 나야 고맙지만 말이지……."

입가에 짙은 미소를 머금은 진운룡이 한 손을 들어 올렸다.

바로 그 순간, 놀라운 일이 벌어졌다.

진화의 입에서 흘러나온 핏물들이 허공을 부유해 진운룡에게로 끌려가는 것이 아닌가!

마치 살아 있는 생명체처럼 핏물들은 꿈틀거리며 진운룡을 향해 움직였다.

ㅊㅊㅊㅊ!

핏물들은 점점 더 빠른 속도로 진운룡에게 빨려 들어갔다.

"어허헉……."

진화는 눈을 거꾸로 뒤집은 채 경련하고 있었다.

덜덜덜!

진화의 피를 흡수한 진운룡의 눈은 노란 눈동자를 제외하고는 모두 핏빛으로 변했다.

진화의 경련이 심해질수록 진운룡의 입가에 머무는 미소 역시 점점 더 짙어졌고, 그의 얼굴에는 실핏줄이 불거져 나왔다.

이를 드러낸 채 괴소(怪笑)를 흘리는 진운룡의 모습은 마치 악귀를 보는 듯했다.

"크으……. 더는 한계로군……."

광기 어린 목소리로 진운룡이 말했다.

여기서 더 피를 흡수하게 된다면 진화가 죽을 것이기 때문이다.

동시에 그에게 빨려 들어오던 핏줄기가 뚝 하고 움직임을 멈췄다.

"좋군!"

만족감이 담긴 탄성을 토해 낸 진운룡이 길게 숨을 내쉬었다.

"하지만 여전히 광기를 떨칠 수 없어……. 역시 그 아이가 특별한 것인가?"

의미를 알 수 없는 이야기를 내뱉은 진운룡이 진화를 바라봤다.

"끄으으……."

아직 의식이 붙어 있는 듯 진화는 바닥에 쓰러진 채 신음을 흘렸다.

그의 몸은 사시나무처럼 떨고 있었다.

"머리가 나쁘면 몸이 고생인 법이지. 너 같은 놈들은 꼭 피를 봐야 말을 듣는단 말이지. 어디 이제 진실을 알아내 볼까?"

진운룡이 진화의 머리채를 잡아 올렸다.

"크으으……."

이미 의식이 오락가락하는 진화는 아무런 저항도 하지 못했다.

진운룡은 진화의 머리를 코앞으로 가져와 시선을 맞댔다.

"네놈의 머릿속에 무엇이 들어 있는지 보자."

번쩍!

순간, 진운룡의 두 눈에서 황금빛 섬광이 일자, 진화의 눈동자에서 초점이 사라졌다.

마치 혼이 빠져나간 사람처럼 진화는 멍하니 움직임을 멈춘 상태였다.

진운룡은 초점이 사라진 진화의 두 눈을 뚫어져라 바라봤다.

그는 지금 제령안이라는 특수한 절기를 시전하고 있었다.

제령안은 상대의 정신을 제압하고 기억을 억지로 끄집어내는 무서운 술법이었다.

물론, 제령안을 사용한다 해서 모든 것을 알아낼 수 있는 것은 아니었다. 하지만 상대 머릿속에 들어 있는 기억 중 열에 일곱은 자신의 것으로 만들 수 있었다.

제령안이 더욱 무서운 점은 이 술법에 당하게 되면 뇌에 충격을 받아 미치거나 백치가 되어 버린다는 것이다.

"가만 있어보자……. 화약, 진천뢰? 진천뢰라……."

한동안 진화의 기억들을 살피던 진운룡의 입가에 회심의 미소가 걸렸다.

사람들의 눈에 뜨이지 않고 환자들을 운반하기 위해서 진화 등은 비밀통로의 출입구를 초가장 내에 만들었다.

그곳은 바로 금원각 지하였다.

놈들은 비밀통로의 흔적을 없애기 위해 진천뢰를 사용한 것이다.

진천뢰는 쉽게 구할 수 있는 물건이 아니었다.

군이 사용하는 무기였기에 일반인은 함부로 소지할 수 없을뿐더러 생산과 운반, 보관 등의 과정이 매우 까다롭게 관리되고 있었다.

물론 관과 결탁을 해 몰래 빼돌리는 방법도 있었으나, 아무리 타락한 관리라 해도 이번 사건 같은 곳에 사용될 것을 알았다면 결코 진천뢰를 넘길 리 없었다.

돈 몇 푼 벌자고 관직과 목숨을 버릴 수는 없기 때문이었다.

해서 초가장이 선택한 방법은 암거래였다.

현재 무림에서 공식적으로 진천뢰를 제작하는 곳은 오로지 사천당가와 벽력문뿐이었다.

그중 사천당가는 정파에 속해 있어서 불법적으로 폭약이나 화탄을 거래하지 않는다. 또한, 거의 문외로 유출하는 경우도 없다.

그러나 관부의 하청을 받아 군에 납품할 화기들을 제작하는 벽력문은 정(正), 사(邪) 중간에 위치한 문파로 암암리에 폭약이나 화탄을 밀거래하고 있었다.

그들은 돈만 지불한다면 그 사용 용도나 사들이는 이가 누구인지는 묻지도 따지지도 않았다.

그런 이유로 그들이 만든 벽력탄이 마교나 사파에게도 흘러 들어가서 정파인들에게 지탄을 받고 있었다.

초가장의 진천뢰는 바로 그들에게서 입수한 것이었다.

'어쨌든 진천뢰를 사용했다는 증거를 잡으면 놈들의 범행이 밝혀지겠군.'

이미 비밀통로의 출입구는 진천뢰를 이용해 파괴한 상태

였지만, 만일 그곳에서 화약을 사용한 흔적을 발견한다면 초진도도 변명하기가 쉽지 않을 것이다.

혹 초진도가 화재사건의 범인임을 끝까지 부인한다 해도 진천뢰를 암거래 했다는 사실 자체가 이미 국법에 반하는 일이었다.

그것만으로도 초진도는 엄중한 처벌을 받게 될 것이 분명했고, 황포의원의 비밀통로 입구에서도 같은 흔적이 발견된다면 더 이상 발뺌할 수도 없을 것이다.

"한데 그 아이의 아버지는?"

잠시 더 진화의 머릿속을 살핀 진운룡이 눈살을 찌푸렸다.

생각대로 소진태의 실종은 초가장의 짓이었다.

그런데 그를 죽이지 않고 다른 곳으로 보낸 듯했다.

그곳에 어디인지, 왜 다른 곳으로 보냈는지는 진화 역시 모르고 있었다.

"여기까지가 한계군."

툭!

진운룡이 이미 정신이 나간 진화를 바닥에 집어 던졌다.

놈에게서는 더 이상 알아낼 것이 없었던 것이다.

하지만 이 정도로도 충분했다.

"그 아이의 아버지에 대해서는 어차피 초진도가 알고

있겠지."

소은설의 아버지를 데려간 곳이 초가장인 것이 확실해진 이상 나머지는 초진도에게 알아내면 된다.

생각을 정리한 진운룡이 진화와 왕호에게 시선을 돌렸다.

"네놈들의 기억을 살펴보니 살려 둘 가치가 없는 놈들이로구나."

진운룡의 눈빛이 차가와졌다.

실종된 환자들과 의생은 화재 때문에 죽은 것이 아니었다.

초가장에 도착했을 당시에 환자들은 모두 살아 있었다.

그들을 죽인 것은 바로 진화와 그 수하들이었다.

그것도 산채로 심장을 뽑아냈다.

그중에는 여인과 어린 아이들도 있었다.

인간의 탈을 쓰고서 어찌 백 명이 넘는 이들의 심장을 도려낸단 말인가.

결코 살려 둬서는 안 될 무리들인 것이다.

퍼퍽!

일말의 망설임도 없이 지풍을 날려 두 악적의 이마에 구멍을 낸 진운룡이 유령처럼 사라졌다.

* * *

"허……. 정말 초가장에 들어갔다 온 것인가?"

양화루로 돌아온 진운룡을 보며 믿기지 않는다는 얼굴로 소진혁이 물었다.

하지만 아무리 생각해도 진운룡이 거짓말을 할 이유가 없었다.

"난 내가 한 말은 반드시 지키는 사람이오만?"

소진혁은 진운룡의 평대에 울컥했으나 애써 진정시킨 후 생각에 잠겼다.

그동안 혈귀곡에 갇혀 있던 진운룡이다.

현재 진행되고 있는 화재 사건 조사나, 소진태의 실종에 관련된 어떠한 이해관계도 없었고 혈귀곡을 나오기 전까지는 그런 일이 있었는지조차 몰랐을 것이다.

쓸데없이 거짓말을 할 까닭이 없었다.

'그저 세상 무서운 줄 모르고 허풍이나 떠는 귀하게 자란 도련님일 것이라 여겼는데, 진정한 고수였단 말인가? 하기야 혈귀곡에서 살아남은 자가 절대 평범할 리는 없지…….'

그제야 소은설이 진운룡에게 믿음을 보냈던 이유를 알 것 같았다.

어느 정도 기대하고 있던 소은설도 진운룡이 초가장 잠입에 성공했다는 말에 놀란 것은 마찬가지였다.

"저, 정말로 증거들을 가지고 온 것인가요?"

"내가 마음먹은 이상 그 정도야 아이들 당과를 뺏는 것보다 쉬운 일이지."

진운룡이 특유의 오만한 얼굴로 말했다.

"헐……."

소은설은 온몸에 두 겹으로 닭살이 돋는 것을 느꼈다.

"한데 가져온 증거는 어디 있죠?"

간신히 울렁거리는 속을 가라앉힌 소은설이 진운룡에게 물었다.

"그런 건 없어. 증거를 직접 가져온 것이 아니라, 놈들의 짓임을 밝혀낼 방법은 알아 왔거든."

진운룡은 제령안을 통해 알아낸 사실을 두 사람에게 말해줬다. 물론, 제령안을 쓴 사실은 굳이 말하지 않았다. 그저 진화와 왕호를 심문해서 자백을 받아 냈다 했다.

소진혁과 소은설은 경악할 수밖에 없었다.

이제는 진운룡의 말을 믿을 수밖에 없었다.

직접 초가장에 들어간 것이 아니라면, 오랜 시간 혈귀곡에만 있다 오늘에야 세상에 나온 그가 진화와 왕호의 이름을 알 리가 없었기 때문이다.

초가장에 침입한 것도 모자라 호위대주를 제압해 정보를 빼내다니.

두 사람은 진운룡의 경지가 자신들이 생각했던 것 보다 훨씬 높을지도 모른다고 여겼다.

진운룡의 이야기를 모두 듣고 난 두 사람은 크게 분노했다.

"흥, 개 같은 놈들! 사람의 심장을 뽑아내다니! 게다가 진천뢰까지 사용을 했을 줄이야."

소진혁이 분을 참지 못하고 욕지기를 토해 냈다.

환자를 돌보는 의원에 화재를 일으킨 것만 해도 용서받지 못할 짓인데, 더욱 잔혹하고 천인공로 할 만행을 저지른 것이다.

"대, 대체 무엇 때문에 심장을 도려낸 걸까요?"

초가장의 만행에 몸서리를 치며 소은설이 물었다.

그냥 죽인 것도 아니고 산 사람의 심장을 뽑아내다니 생각만으로도 온몸에 소름이 돋았다.

"글쎄, 그것까지 알아내진 못했어. 놈들은 그저 초진도의 명에 따랐을 뿐이라 그 이유나 목적은 잘 알지 못하더군."

"호, 혹시 초가장주가 요괴인 것은 아닐까요? 아, 왜! 천, 천 년 묵은 여우나 그런 것들이 사람 간과 심장을 파먹는다는 소리가 있잖아요."

용태가 커다란 덩치에 걸맞지 않게 잔뜩 겁에 질린 얼굴로 말했다.

"요괴보다도 잔인한 놈이지! 어찌 인간의 탈을 쓰고 그런 짓을 저지른단 말이냐!"

콧수염을 실룩거리며 소진혁이 노기 어린 목소리로 말했다.

"어쨌든 수고가 많았네. 이 정도면 무림맹 조사단에 충분히 이야기해 볼 수 있겠군!"

초가장의 악행을 증명할 길이 생긴 이상 충분히 해볼 만한 상황이었다.

물론 초진도나 초가장 쪽에서는 무조건 아니라고 잡아떼겠지만, 하오문 쪽에서 강하게 밀어붙인다면 조사단도 최소한 그에 대한 사실 확인은 할 것이다.

"하지만 조사단을 믿을 수 있을까요? 초가장이 벌써 매수했을 수도 있어요."

소은설이 미심쩍은 얼굴로 말했다.

"누님 말씀이 맞아요! 초가장에서 지내고 있는 것을 보면 죄다 한통속이 틀림없다구요!"

용태 역시 소은설의 의견에 찬동했다.

조사단이 머물고 있는 장소가 초가장이다 보니, 혹시라도 매수되었거나, 애초에 작당했을 가능성도 있다 여긴 것이다.

"아니야. 책임자인 임 공자는 몰라도 홍 부대주는 성격이 워낙에 강직하고 고지식해서 결코 매수되거나 할 사람이 아니다. 분명 우리 말을 무시하지 않을 게야. 만일 초진도가 조사를 거부한다면 스스로 죄를 시인하는 꼴이지."

홍천상은 연주나 제령 근방에서는 제법 알려진 무인이었다. 그는 강직하고 올곧은 성품으로 많은 이들에게 존경을 받고 있었다.

그런 그가 초가장의 재물에 현혹되어 그들의 만행을 모른 채 할 리가 없었다.

"저어……. 혹시 아버지에 대한 것은 알아내지 못했나요?"

소은설이 머뭇거리며 물었다.

잠시 소은설을 바라보던 진운룡이 천천히 입을 열었다.

"네 아버지는 다른 곳으로 옮겨진 듯하다. 하지만 그곳이 어디인지, 왜 옮긴 것인지는 알아내지 못했다."

소은설의 얼굴에 잠깐 동안 희비가 교차했다.

그녀는 일단 아버지가 살아 있다는 사실에 안심했다.

사실 마음 한구석에서는 이미 소진태가 죽었을 것이라 여겼던 그녀였다.

초가장이 자신들의 비밀을 알아차린 소진태를 살려 둘 이유가 없었기 때문이다. 한데 다행히도 아직 살아 있었던 것이다.

하지만 어디 있는지 알 수 없다는 것이 또다시 그녀의 마음을 무겁게 만들었다.

"쯧쯧, 걱정할 것 없어. 어차피 초진도에게서 들으면 되니까."

진운룡의 심드렁한 목소리에 소은설이 상기된 얼굴로 자리에서 벌떡 일어났다.

"맞아요! 초진도는 아버지의 행방을 알고 있을 거예요!"

미처 그 생각을 못했던 것이다.

모든 사건의 원흉인 초진도라면 아버지의 행방과 상태를 알 수 있을 것이 분명했다. 아직 희망을 버릴 필요가 없었다.

"좋아! 내일 당장 초가장으로 가서 그 빌어먹을 놈들이 저지른 짓을 세상에 다 까발려 버리자!"

"당연하죠!"

소진도와 용태가 침을 튀기며 목소리를 높였다.

"그리고 자네. 절대 내일은 내가 신호할 때까지 잠자코 있게. 무림맹 조사단 앞에서도 그렇게 버릇없이 굴었다가는 다 된 일을 망치고 말 게야, 알겠지?"

소진혁이 두 번 세 번 진운룡에게 주의를 줬다.

만일 조사단 앞에서도 평대를 하고 게다가 허세까지 떤다면 소진혁과 소은설의 말이 신빙성을 잃게 될 것이기 때문이었다.

진운룡은 마지못한 얼굴로 고개를 끄덕였다.

어차피 사람들에 맞춰 주기로 마음먹은 이상 괜한 문제는 만들지 않는 것이 낫다 여긴 것이다.

결국, 소진혁과 소은설은 다음 날 일찍 초가장에 쳐들어가서 무림맹 조사단을 만나 모든 사실을 알리기로 했다.

소은설은 아버지를 찾을 수 있다는 생각에 뜬 눈으로 밤을 지새웠다.

4장
신위를 드러내다

다음 날 아침 초가장은 발칵 뒤집어졌다.

밤새 자객이 들어 호위대의 대주 진화와, 부 대주 왕호가 목숨을 잃었기 때문이다.

그보다 더 심각한 것은 장주를 지키던 비밀 호위 네 명 역시 자객에게 제압당했다는 것이다.

그 말은 곧 자객이 금원각 장주 집무실까지 왔었다는 이야기였다. 그럼에도 불구하고 그 누구도 자객의 침입을 눈치챈 사람이 없다는 것은 심각한 문제였다.

자객이 마음만 먹었다면 초진도는 진화나 왕호처럼 목숨을 잃었을 것이기 때문이다.

초진도로서는 등골이 서늘해질 수밖에 없었다.

"대체 네놈들은 뭐하는 놈들이냐! 어찌 이 많은 놈들 중에 단 한 놈도 자객의 침입을 알아차리지 못할 수 있단 말이야! 그러고도 네놈들이 밥을 처먹을 자격이 있다고 보느냐!"

장원의 무사들을 금원각 앞에 모아 놓고 초진도가 언성을 높였다. 그의 얼굴은 분노로 가득 차 있었다.

금원각이 뚫렸음에도 아무도 알아차리지 못했다는 것은 곧 자객이 아무 때나 자신의 목숨을 가져갈 수 있다는 것과 마찬가지니 당연한 반응이었다.

무사들은 꿀 먹은 벙어리가 되어 아무런 말도 하지 못했다.

그들의 임무를 제대로 수행하지 못했으니 할 말이 있을 리 없었다.

"장주님, 하오문에서 무림맹 조사단을 만나겠다고 왔습니다!"

그때 초가장의 총관인 공탁이 허겁지겁 달려 들어왔다.

"그럼 안내해 주면 될 일이지 뭘 이리 호들갑이야?!"

짜증 어린 표정으로 초진도가 말했다.

어차피 하오문은 화재 사건 때문에 무림맹 조사단을 돕고 있었다. 그들이 찾아오는 것이 문제가 될 것은 없는 것이다.

"하, 한데……."

망설이던 공탁이 초진도의 귀에다 대고 조심스럽게 말했다.

"부, 분타주의 딸년도 함께 있습니다."

초진도의 얼굴이 딱딱하게 굳었다.

'분명 그년은 혈귀곡에 들어갔다고 했는데……. 대체 어떻게…….'

진화와 수하들이 소은설이 혈귀곡으로 들어가는 것을 분명히 확인했다고 했다.

한데, 어떻게 이곳에 나타날 수 있단 말인가.

'설마…….'

초진도가 고개를 절레절레 저었다.

혈귀곡을 빠져나오다니 그것은 도저히 있을 수 없는 일이었다.

'하지만…….'

그렇다면 어떻게 오늘 모습을 드러낸 것이란 말인가.

"잘못 본 것은 아니더냐?"

"분명합니다! 현재 분타주 대행을 맡고 있는 그년의 숙부와 함께 왔습니다!"

초진도의 머릿속이 복잡해졌다.

'진화 놈이 거짓말을 한 것이 분명하군!'

계집을 놓쳤다는 사실을 추궁당할까 봐 혈귀곡에 들어갔다고 거짓말을 한 것이 분명했다. 아마도 초진도가 알기 전에 계집을 잡아 처리하려고 했을 것이다.

'죽일 놈!'

초진도의 눈에 살기가 일었다.

이미 죽어 버린 진화의 일이야 어찌 되었든 우선은 당장에 급한 불부터 꺼야 했다.

소은설이 나타났고, 무림맹 조사단을 만나려 한다는 것은 시체들에 대해 목격한 것을 증언하려는 것임에 틀림없었다.

물론, 이미 시체들은 배를 이용해 호수 한가운데에 모두 가라앉힌 상태여서 부인하면 그만이었지만, 혹시라도 고지식한 홍천상이 사실을 확인하겠다며 여기저기 들쑤시고 다니게 되면 골치 아파질 가능성이 있었다.

게다가 어젯밤에 일어난 사건도 있어 무언가 좋지 않은 예감이 들었다.

총관 공탁도 이 사실을 알고 있기에 하오문도들을 저지한 것이리라.

"일단 이리로 데리고 오라!"

아무래도 어젯밤 사건이 자꾸 걸렸다.

별 볼 일 없는 무공을 가진 하오문도들이 어제 사건에 관련이 있을 가능성은 희박했지만 만일의 경우를 대비해야 했다.

게다가 혹시라도 분타주 소진태가 이곳에 잡혀 오기 전에 문도들에게 정보를 흘렸다면, 시체를 목격한 것 외에 다른 증거가 있을 수도 있었다.

그렇다면 우선은 소은설과 하오문도들이 무림맹 조사단에게 무슨 말을 하려는 것인지 알아야 했다.

그래야 제대로 된 대응을 할 수 있는 것이다.

명을 받은 공탁이 빠르게 금원각을 빠져나갔다.

*　　　*　　　*

잠시 후 공탁이 소은설 일행을 데리고 왔다.

그들 중에는 진운룡도 자리하고 있었다.

날카로운 눈으로 일행을 훑어보던 초진도의 시선이 소은설에게서 멈췄다.

초진도의 시선을 받는 순간 소은설은 마치 온몸에 벌레가 기어가는 듯한 느낌이 들었다.

'더러운 돼지 놈!'

백 명이 넘는 이들의 심장을 뽑아내고 아버지를 납치한 장본인이 바로 초진도였다.

소은설은 끓어 오르는 분노를 간신히 억누르며 초진도를

노려봤다.

"그래, 무슨 일로 조사단을 만나려는 것인가?"

그때 초진도의 목소리가 들려왔다.

"장주께서 왜 그것을 묻는 것이오? 우리가 공식적으로 조사대의 일을 돕고 있다는 것은 장주께서도 잘 알고 있을 터. 조사대와 하는 일에 대해서 장주께 보고해야 할 의무는 없소이다."

날이 선 목소리로 소진혁이 말했다.

그 역시 이미 초진도의 악행에 대해 알고 있는 상태였기에 결코 좋은 말이 나갈 수는 없었던 것이다.

"조사단 분들은 오늘 다른 바쁜 업무가 있어 자네들을 만날 수 없으니, 용건이 있다면 나에게 말하도록 하게. 내가 꼭 전해 주도록 하지."

초진도가 얼굴색 하나 변하지 않고 거짓말을 했다.

"워낙 중요한 사안이라 임 공자나 홍 부대주를 만나 직접 전해 드려야 하오!"

소진혁은 물러서지 않았다.

어차피 단단히 마음먹고 온 상태였다.

반드시 조사단에게 사실을 알려야 했다.

"그렇다면 안타깝지만 오늘은 안 되겠군. 조사단 분들은 지금 장원에 없네. 다음에 다시 오도록 하게나."

초진도가 태연한 얼굴로 말했다.

이대로 소은설 일행을 돌려보낸 뒤 그들이 가지고 있는 정보를 알아내려는 속셈이었다.

만일 그것도 여의치 않다면 분타주였던 소진태처럼 처리하면 될 일이었다.

"그럼 조사단 숙소에서 올 때까지 기다리겠소!"

"어허. 주인도 없는 숙소에 다른 사람을 들여보낼 수는 없지. 게다가 자네들 출신을 생각하면 더욱 그렇지 않은가."

소진혁의 수염이 부르르 떨렸다.

하오문은 본디 도둑과 소매치기, 기녀, 점소이 등 가장 밑바닥 인생들이 모여 만든 단체다.

그로 인해 항상 강호 무인들에게 멸시를 받았다.

초진도가 그것을 끄집어낸 것이다.

"흥! 나는 당신 말대로 진짜 조사단이 숙소에 없는지 반드시 확인해야겠소! 만일 그들이 없다면 초 장주께 백 배 사죄드리겠소!"

문도들을 시켜 새벽부터 초가장을 감시하도록 명을 내린 상태였다.

그들로부터 조사단이 초가장을 빠져나갔다는 보고는 없었다. 그렇다면 숙소에 있는 것이 거의 확실했다.

소진혁이 물러서지 않자 초진도의 얼굴이 차갑게 굳었다.

"호오……. 하오문이 무림맹 조사단을 돕는다 하여 이젠 이 초진도 마저 우습게 보는 것인가? 이 제녕 땅에서 나 초진도를 무시하고도 그대들이 맘 편하게 살 수 있다 보는가?"

초진도가 노골적으로 위협을 했다.

"흥! 이제야 본색을 드러내는군요. 우리도 아버지처럼 입을 막겠다는 것인가요?"

소은설이 참지 못하고 소리쳤다.

초진도의 늘어진 두 볼이 꿈틀했다.

"천한 것들이 오냐 오냐 해 줬더니 제 분수도 모르고 날뛰는구나! 여봐라 뭣들 하느냐! 저놈들을 당장 장원에서 쫓아내거라!"

초진도의 명에 따라 금원각 앞에 모여 있던 무사들이 무기를 꺼내 들었다.

무력을 사용해서라도 소은설 일행을 내치겠다는 뜻이었다.

소진혁과 소은설은 이를 악물고 초가장의 무사들을 노려봤고, 용태는 덩치에 맞지 않게 얼른 진운룡의 뒤로 숨었다.

"예가 감히 어디라고 행패야 행패가!"

독이 오른 초가장의 무사들이 막 일행에게 달려들려는 순간이었다.

"무슨 일인데 아침부터 이리 시끄러운 것입니까?"

소란을 듣고 임덕화와 홍천상이 금원각에 모습을 드러냈다. 제검대 무사들도 함께하고 있었다.

초진도가 공탁을 노려봤다.

조사단이 이곳에 오지 못하도록 미리 손을 쓰지 않았음을 탓하는 것이다.

"분타주 대행 아니시오? 어인 일이십니까?"

홍천상이 소진혁을 발견하고 의아한 얼굴로 물었다.

"임 공자, 홍 부대주 마침 잘 오셨습니다! 그렇지 않아도 이번 사건과 관련된 중요한 정보가 있어서 찾아뵈려던 참입니다! 한데 초 장주가 제멋대로 두 분을 뵙지 못하도록 막는군요. 어찌 된 것이오? 초 장주 두 분께서 이렇듯 장원에 계심에도 왜 거짓말을 한 것이오? 혹시 일부러 조사를 방해하려는 심사는 아니오?"

두 사람이 등장하자 이때다 싶었던 소진혁이 목소리를 높였다.

초진도의 얼굴에 잠깐 동안 살기가 일었다가 빠르게 사라졌다.

"초 장주! 대체 이게 무슨 말이오? 우리가 없다고 거짓말을 해서 만나지 못하도록 막았다는 것이 사실이오?"

홍천상이 굳은 얼굴로 묻자 초진도가 재빨리 표정을 부드럽게 바꿨다.

그는 속으로 앞으로 벌어질 여러 가지 상황에 대해 계산하기 시작했다.

이렇게 된 이상 더는 하오문도들의 입을 막을 수는 없었다.

이제 침착하게 대응해 그들의 말을 거짓으로 만드는 수밖에 없었다. 그러려면 우선 하오문의 신뢰를 떨어뜨려야 했다.

"하하하, 오해하지 마시오. 홍 부대주. 내가 어찌 무림맹의 행사를 막겠소? 단지 나는 이자들이 아침 일찍부터 소란을 떠는 바람에 두 분의 청정을 방해하지 않을까 염려해서 대신 전해 주겠다 제안한 것뿐이오. 한데 저들이 괜히 흥분해서 숙소로 난입하겠다 하여 그것을 막다가 이런 소란이 일어난 것이라오. 본래가 출신이 미천한 자들이다 보니 행동이 무도하기 그지없습니다."

초진도가 곤란하다는 얼굴로 말했다.

그는 출신을 언급하며 하오문을 깎아내리는 것도 잊지 않았다.

소은설과 소진혁의 표정이 일그러졌다.

하지만 그들의 출신이 미천한 것은 사실이었기에 반박할

수도 없었다.

“하하하, 그렇군요. 신경 써 주셔서 감사합니다. 하기야 이렇게 이른 아침부터 무작정 쳐들어온 저들이 예를 모르는 것이지요.”

임덕화가 초진도의 말에 맞장구쳤다.

그렇지 않아도 임덕화는 하오문과 함께 일하는 것이 못마땅했던 차였다. 게다가 그동안 초가장으로부터 물심양면으로 아낌없는 지원을 받은지라 아무래도 초진도의 손을 들어줄 수밖에 없었다.

“공자님 우리가 청해서 도움을 주고 있는 이들입니다. 이토록 급히 찾아왔다면 그만큼 중요한 용건이 있는 것 아니겠습니까? 일단 이야기를 들어 보는 것이 좋겠습니다.”

그때, 홍천상이 나섰다.

임덕화가 눈살을 찌푸린 채 홍천상을 바라봤다.

사사건건 잔소리를 하는 홍천상이 못마땅했던 것이다.

하지만 그렇다고 그의 말을 무시할 수도 없었다.

“사건 조사와 관계된 일입니다. 이번 조사의 성공 여부에 따라 공자님뿐 아니라 제검문의 미래도 걸려 있음을 잊지 마십시오.”

홍천상이 다시 한 번 이야기하자 임덕화가 마지못해 입을 열었다.

"흠, 죄송하지만 아무래도 홍 부대주의 말대로 이들의 용건을 들어 봐야 할 듯합니다."

마치 웃어른에게 양해를 구하듯 임덕화가 조심스럽게 말했다.

그 모습을 지켜보는 홍천상의 표정이 좋지 않았다.

임덕화는 현재 제검문의 이름을 대표하고 있는 이였다.

한데 이토록 함부로 고개를 숙이다니, 한 가문의 수장이 될 이의 자세는 절대 아니었다.

"아, 당연히 그리하시도록 해야지요. 그렇다면 굳이 숙소까지 들이실 것 없이 여기서 저들의 말을 들으시지요. 확실치도 않은 일로 번거롭게 왔다 갔다 할 필요가 있겠습니까? 하오문이야 원래 경망스러운 자들이 모인 곳이니 괜한 호들갑일 수도 있지 않겠습니까?"

초진도의 말에 임덕화가 고개를 끄덕였다.

"그게 좋겠군요. 홍 부대주의 생각은 어떻소? 어차피 초 장주님이야 우리가 믿을 수 있는 분이 아니오? 이 자리에서 저들의 보고를 듣는다 하여 문제가 될 것은 없지 않겠소?"

홍천상으로서는 내키지 않는 이야기였으나, 계속해서 임덕화의 의견을 걸고 넘어질 수는 없었다.

"알겠습니다."

어쩔 수 없이 홍천상은 그 자리에서 하오문의 이야기를

듣기로 했다.

"중요한 일인 듯싶은데, 말해 보시오."

소진혁과 소은설은 어차피 잘됐다고 생각했다.

초진도가 보는 앞에서 모든 것을 까발린다면, 더욱 통쾌할 것이기 때문이다.

모든 것이 밝혀지게 되면 놈의 얼굴이 어떻게 변할지 벌써부터 기대가 되었다.

"흥! 좋소이다, 그럼 저희가 알아낸 사실을 말하겠소이다!"

소진혁은 차가운 눈으로 초진도를 노려봤다.

"이번 황보의원 화재사건의 원흉은 바로 초가장입니다!"

순간, 장내에 정적이 흘렀다.

갑작스러운 이야기에 홍천상의 표정이 딱딱하게 얼어붙었다.

소진혁이 초가장까지 직접 달려와 이야기하는 것을 보면 무언가 그에 대한 증거가 있기 때문일 것이다.

아무런 증거도 없이 제녕 제일의 위세를 자랑하고 있는 초가장을 함부로 건들 리가 없었기 때문이다.

만일 소진혁의 말이 사실이라면 무척 심각한 일이었다.

범인의 소굴에 들어와 조사를 했으니, 그동안 조사단이 얻은 정보나 조사 계획들이 모두 새어 나갔을 가능성이 있었다.

당연히 그로 인해 초가장에서는 자신들의 범행을 은폐하는 데 도움을 받았을 것이다.

결국 제검문은 범인의 손에 놀아난 꼴이니 비난을 면키 어려울 터. 게다가 책임자인 임덕화는 초가장주가 마련해 준 여흥을 즐기느라 조사도 소홀히 하지 않았던가.

만일 정말로 초가장이 이번 사건의 범인이라면, 지금이라도 범인을 잡아 그동안의 과오들을 만회해야 했다.

"하하하하! 참으로 재밌소이다. 우리 초가장이 황포의원 화재사건의 범인이라니, 그대들은 지금 나와 농담이라도 하자는 것이오?"

초진도가 어이가 없다는 듯 크게 웃었다.

소진혁의 고발에도 불구하고 그의 표정엔 여유가 넘쳐났다.

"하오문의 정보란 게 저렇소이다. 개방이나 다른 정보단체와는 다르게 정보의 신빙성이 떨어지지요. 그 정보를 가져오는 자들이 누구인지 생각해 보면 당연한 일 아니오? 하하하!"

초진도의 말에 임덕화 역시 고개를 끄덕였다.

"무슨 근거로 초가장을 범인이라 여기는 것인가? 만일 근거도 없이 음해한 것이라면 그에 마땅한 대가를 치러야 할 것일세!"

임덕화가 짜증 어린 목소리로 호통 쳤다.

"당연히 증명할 수 있소! 우선 여기 내 질녀가 목격한 바에 따르면 이틀 전 초가장 무사들이 백 구가 넘는 시신들을 몰래 호수로 운반했소이다. 그 많은 시신들이 갑자기 어디에서 생겨났으며, 또 왜 한밤중에 은밀히 운반했겠소? 화재 사건 때 사라진 환자들이 분명하오! 게다가 초가장 무사들은 사실이 발각되자 내 조카아이를 살인멸구하려 했소. 그것이야말로 범행을 은폐하려는 행위가 아니면 무엇이겠소?"

소진혁의 이야기에 초진도는 코웃음을 쳤다.

"무슨 이야기를 하는지 모르겠군. 대체 우리 무사들이 무슨 시신을 옮겼다는 것인가? 그대의 조카라면 실종 된 분타주의 어린 딸을 말하는 것 같은데, 도둑의 딸이면 역시 도둑이 아니던가? 겨우 그 아이의 말 하나만 믿고 여기까지 와서 행패를 부리는 겐가?"

"흥! 우리 아버지는 비록 도둑이었지만, 항상 도리를 지켜 왔어요! 그것은 이 제녕 땅 누구나가 아는 사실이에요!"

아버지를 욕하자 참지 못한 소은설이 나섰다.

소은설의 아버지 소진태는 도둑이라기보다는 의적에 가까웠다.

소진태는 탐관오리들이나 부정하게 재물을 모은 자들의

집을 털어서 가난한 이들에게 나눠 줬다.
그로 인해 제녕 근방의 무인들과 백성들로부터 많은 존경을 받고 있었다.
"쯧쯧, 의적이니 뭐니 해도 결국엔 남의 재물을 노리는 도적이 아닌가? 뭐 그건 제쳐 놓는다 하더라도 그대의 말을 증명할 수 있는 방법이 있나?"
초진도의 입가에는 승자의 미소가 걸려 있었다.
소은설은 이를 갈며 초진도를 노려봤다.
"어차피 우리도 초 장주가 부인할 것이라 생각했소이다! 하지만 지금부터 하는 이야기도 부인할 수 있는지 두고 보겠소!"
소진혁의 자신감 있는 모습에 초진도는 무언가 불안함을 느꼈다.
어젯밤 일어났던 자객의 침입이 자꾸 머리에 떠올랐다.
"증명할 방법을 말해 보시오."
홍천상이 나서자 그 불안감은 더욱 커졌다.
하지만 그것을 겉으로 드러낼 수는 없었다.
"허허! 나도 그것이 무엇인지 무척 궁금하군."
애써 태연한 얼굴을 한 채 초진도가 말했다.
잠깐 동안 진운룡과 눈빛을 교환한 소진혁이 입을 열었다.

"화재 사건의 범인들이 지하 비밀통로를 통해 환자들을 빼냈다는 사실은 다들 알 것이오."

모두의 시선이 소진혁에게로 쏠렸다.

"나는! 그 통로의 출구가 초가장으로 이어졌다 확신하오!"

초진도의 표정이 굳었다.

비밀통로는 이미 매몰시켜 흔적을 없앴다.

소진혁이 그 반대쪽 출구가 어디로 이어졌는지 알 도리가 없었다.

한데, 저토록 자신 있게 이야기하고 있는 것은 분명 무언가가 있었다.

'넘겨짚은 것인가?'

소은설의 말을 듣고 초가장이 범인이라 생각했다면, 비밀통로의 다른 한쪽이 초가장 내부로 연결됐다고 유추할 수도 있었을 것이다.

하지만 바보가 아닌 이상 증명할 방법도 없이 저토록 확신을 할 수는 없었다.

'혹시, 출구가 어디에 있는지 안다는 말인가?'

절대 그럴 리는 없었다.

금원각 지하에 있는 출구를 직접 와 보지 않고 어찌 안단 말인가. 게다가 이미 출구는 대리석으로 덮어 버린 상태였다.

'가만!'

초진도는 갑자기 머리가 쭈뼛 서는 것을 느꼈다.

'만일 어제 침입했던 자객이 놈들과 관계가 있다면!'

그가 진화나 왕호에게서 정보를 빼냈을 수도 있었다.

진화의 시체는 이빨이 모두 빠진 상태였다.

즉, 독단을 깨물어 자결하지 못했다는 것이다.

초진도는 마음을 가라앉힌 채 소진혁을 바라봤다. 소진혁의 두 눈에는 자신감이 가득했다.

'분명 관계가 있군!'

초진도의 머릿속이 복잡해졌다.

"증명할 수 있소?"

그때, 홍천상이 심각한 얼굴로 물었다.

"어허, 부대주께선 어찌 저런 자들의 말에 휘둘리는 것이오. 보나마나 또 근거도 없이 떠들어 대는 게 분명하오!"

임덕화가 답답하다는 얼굴로 말했다.

"공자님. 이것은 결코 쉽게 넘길 수 있는 문제가 아닙니다. 하오문에서 문제를 제기한 이상 조사단에서는 최소한 그것을 검증해야 할 의무가 있습니다. 만일 저들의 말을 허투루 넘겼다가 나중에 사실로 밝혀진다면, 공자님 혼자만의 책임이 아니라 이번 조사단을 맡은 제검문 전체에 불똥이

튀게 될 것입니다."

홍천상의 태도가 워낙 엄중하자 임덕화도 더 이상 초진도의 편을 들 수만은 없었다.

"흥! 좋소. 그렇다면 그대들의 말을 증명해 보시오. 만일 제대로 증명하지 못할 경우 무림맹 조사단을 우롱한 대가를 치러야 할 것이오!"

"바로 금원각 지하에 비밀통로의 출구가 있습니다. 물론, 초가장에서 이미 손을 썼겠지만, 아직 그 흔적을 찾을 수 있을 것입니다."

기다렸다는 듯이 소진혁이 말했다.

초진도의 얼굴이 차갑게 얼어붙었다.

역시 예상대로 출구가 있는 곳을 알고 있었다.

'침착해야 해! 이미 모두 매몰시켜 버렸고, 그마저도 대리석으로 덮어 버린 상태라 놈들이 발견할 것은 아무것도 없을 것이야!'

초진도는 최대한 마음을 가라앉혔다.

여기서 동요하는 모습을 보인다면 소진혁의 말을 본인 스스로 인정하는 꼴이었다.

"허, 어이가 없구만. 더는 괜한 오해를 받기는 싫으니 직접 확인시켜 주도록 하지. 하지만 임 공자가 말했듯이 사실이 아닐 경우 그만한 대가를 치러야 할 것이네!"

초진도가 눈짓을 하자 공탁이 제검문과 하오문 일행을 금원각 지하로 안내했다.

"모두 따라오시지요."

초진도가 오히려 당당하게 나오자 소진혁은 은근히 불안해졌다.

'정말 확실한 거겠지? 저 청년의 말만 믿고 왔는데…….'

흘끗 진운룡을 쳐다봤다.

진운룡은 산책이라도 나온 듯 너무도 여유로운 모습이었다.

'그래, 확실치 않다면 저리 여유로울 수 없지!'

침을 꿀꺽 삼킨 소진혁이 마음을 다잡았다.

"대체 여기에 뭐가 있다는 건가?"

금원각 지하에 도착하자마자 초진도가 보라는 듯이 바닥을 가리켰다.

진운룡은 석실을 구석구석 찬찬히 훑어봤다.

'진화의 기억 속에 있던 곳이 저곳인가?'

진운룡의 시선이 멈춘 곳은 진화의 기억 속에 출구가 있던 위치였다.

바닥은 이미 모두 대리석으로 덮여 아무런 흔적도 없는

상태였다.

초진도가 바보가 아닌 이상 흔적을 없앤 것은 당연한 일이었다.

"흥! 대리석을 모두 들어내 보시오."

소진혁도 이미 예상했던 일이기에 물러서지 않았다.

"이건 너무 지나치군! 지금 남의 집 장원을 맘대로 파헤치겠다는 건가?"

초진도가 소진혁을 노려봤다.

"뭐 거리낄 것이라도 있소?"

소진혁이 지지 않고 맞섰다.

"초 장주, 죄송하지만, 의심을 벗기 위해서라도 바닥을 뜯어내야 할 것 같소. 만일 아무런 흔적도 찾지 못한다면, 결국에 장주님의 결백이 증명되지 않겠소?"

홍천상까지 나서서 부탁하자 초진도도 더는 거절할 수 없었다.

"좋아! 들어내도록 하지. 그대들은 이 대가를 반드시 치르게 될 거야!"

초진도가 살기 어린 눈으로 다시 한 번 으름장을 놓았다.

'어차피 현재 출구는 폭발시킨 후 흙으로 매운 상태라 대리석을 들어낸다 해도 발견할 수 있는 것은 아무것도 없다!'

초진도는 이 일이 끝나면 소진혁과 소은설을 반드시 제거하겠다고 다짐했다.

"대리석을 들어내라!"

초진도의 명에 무사들 삼십여 명이 동원되어 바닥을 뜯어내기 시작했다.

지하 공간은 백 평 가까이 되었기에 바닥을 모두 들어내는 것도 결코 쉬운 일이 아니었다.

대리석을 모두 들춰내는 데에만 이각이 넘게 걸렸다.

결국 대리석을 모두 걷어 내고 드디어 바닥이 드러났다.

모두의 시선이 바닥으로 향했다.

홍천상은 소진혁이 말한 출구의 흔적을 찾기 위해 드러난 흙바닥을 구석구석 살폈다.

하지만 아무리 살펴도 출구는커녕 그 비슷한 흔적조차 없었다.

"흠……."

홍천상이 눈살을 찌푸렸다.

이것으로는 아무것도 입증할 수 없었다.

결국, 소진혁과 하오문이 근거도 없이 초가장을 음해한 꼴이 되어 버린 것이다.

"자! 그대가 말한 출구의 흔적이 대체 어디에 있다는 거지?"

초진도가 이를 드러내며 물었다.

"거짓으로 초가장을 모욕하고 조사단에 혼란을 준 죗값은 어떻게 치룰 것인가?"

늘어진 볼 살을 실룩거리며 초진도가 의기양양한 목소리로 따졌다.

그럼에도 불구하고 소진혁은 동요하지 않았다.

어차피 여기까지는 이미 예측한 대로였다.

소진혁의 시선이 진운룡에게 향했다.

"이제부터 자네 차례일세."

살짝 고개를 끄덕인 진운룡이 소은설을 한 번 바라본 후 앞으로 나섰다.

그제야 모두의 시선이 진운룡에게 집중되었다.

"이자는 대체……."

초진도는 물론, 임덕화와 홍천상까지도 놀란 눈으로 진운룡을 바라봤다.

진운룡은 누가 봐도 한눈에 확 뜨이는 외모와 분위기를 가지고 있었다.

한데, 놀랍게도 그동안 그가 소진혁 일행에 있다는 사실을 의식한 사람이 아무도 없었던 것이다.

그것은 곧 진운룡이 은신의 귀재이거나 존재감을 감출 수 있을 정도의 고수라는 이야기였다.

홍천상은 첫 번째 경우일 것이라 확신했다.

본래 도둑에게 은신은 가장 중요한 요소였기 때문이다.

진운룡이 하오문도라 여긴 것이다.

그렇다 해도 절정을 넘어선 홍천상의 이목까지 속이다니, 결코 보통 인물은 아니었다.

반면 초진도는 날카로운 눈으로 진운룡을 노려봤다.

'놈이 자객이구나!'

그제야 모든 것이 아귀가 맞아 떨어졌다.

'대체 하오문에 어찌 저런 자가!'

진화와 왕호를 죽이고 정보를 얻어낸 자가 분명했다.

그렇지 않고서야 지금까지 존재조차 눈치채지 못했을 리 없었다.

어젯밤 일을 감안해 볼 때 상대는 상당한 실력을 가진 고수였다.

그런 고수가 개입된 이상 만일의 사태에 대비해야 했다.

—기관을 발동할 준비를 하고, 무사들을 대기시켜라!

초진도는 즉시 공탁에게 전음을 날렸다.

진운룡은 다른 사람들의 시선을 아랑곳하지 않고 특유의 심드렁한 표정을 한 채 석실 왼쪽을 향해 걸어갔다.

진운룡이 멈춰 선 곳을 확인한 초진도의 얼굴이 일그러졌다.

그가 멈춘 곳은 바로 비밀통로의 출구가 있던 자리였던 것이다.

"지금 뭐하는 것인가? 그대는 또 누구인가?"

임덕화가 어리둥절한 얼굴로 물었다.

진운룡은 임덕화의 질문을 무시한 채 천천히 입을 열었다.

"비밀통로의 흔적을 없애기 위해 범인들은 진천뢰를 사용했소. 진천뢰는 함부로 구할 수 있는 물건이 아니라는 건, 모두들 잘 알고 있을 것이오. 만일 이곳에서 진천뢰가 터진 흔적을 발견하게 된다면 초가장은 어떤 변명을 할 것이오?"

"진천뢰?"

홍천상이 의문이 담긴 얼굴로 초진도를 바라봤다.

그의 표정은 전처럼 여유롭지 않았다.

만일 진운룡의 말대로 진천뢰의 흔적이 발견된다면 초가장은 의심을 받을 수밖에 없는 상황이었다.

진천뢰를 얻은 경로며, 사용 목적, 사용 후 은폐한 사실까지…… 초진도는 모두 해명해야 할 것이다.

초진도는 진운룡을 노려볼 뿐 아무런 말도 하지 못했다.

폭발 후 흙으로 덮은 상태라 진천뢰의 파편은 지하 깊숙한 곳에 묻혀 있을 것이다. 하지만 작정하고 파낸다면 발견해 낼 수도 있는 상황이었다.

'이렇게 된 이상 어쩔 수 없군.'

최악의 상황에 대비해야 했다.

초진도가 공탁과 눈빛을 교환했다.

"쯧쯧. 우선 진천뢰가 사용되었음을 증명하는 것이 먼저 아닌가?"

그때 임덕화의 목소리가 들려왔다.

이제까지 하오문의 주장은 아무것도 증명된 것이 없었다.

그는 이번에도 마찬가지일 것이라 여겼다.

"좋소, 지금부터 그것을 증명하겠소."

사람들을 한 번 둘러본 진운룡이 천천히 이야기를 이어갔다.

"진천뢰나 벽력탄 같은 물건에 들어 있는 화약이 폭발하게 되면 특별한 찌꺼기가 남게 되는데, 그 찌꺼기는 특이한 성질을 하나 가지고 있소."

진운룡이 자신의 품속에 손을 넣어 무언가를 꺼냈다.

"바로 은을 검게 탈색시키는 성질이오."

진운룡의 손에 들린 것은 한 냥짜리 은자였다.

"물을 좀 가져다주시오."

진운룡이 홍천상을 보며 말했다.

"물을 가져와라."

홍천상은 즉시 수하를 시켜 물을 가져오도록 했다.

명을 받은 제검문 무사가 급히 달려가 대접에 물을 담아 왔다.

물 대접을 전달받은 진운룡은 허리에 찬 검을 검집 채 빼 들어 자신이 서 있는 발 밑쪽 바닥에 깊이 박아 넣었다.

홍천상과 임덕화, 소은설 일행은 갑작스런 진운룡의 행동을 의아한 얼굴로 바라봤다.

왜 갑자기 땅에 검을 박아 넣는단 말인가.

그것도 검집 채로 말이다.

스으윽!

다음 순간 놀라운 일이 벌어졌다.

진운룡이 마치 두부를 자르듯 바닥을 둥글게 잘라 낸 것이다. 삽이나 곡괭이를 이용한 것도 아니고, 검을 이용해 삼 척 정도의 깊이로 땅바닥을 잘라 낸다는 것은 결코 아무나 할 수 있는 일이 아니었다.

'역시 보통 놈이 아니구나!'

그 모습에 초진도는 더욱 진운룡을 경계하게 되었다.

퉁!

둥글게 바닥을 자른 진운룡이 검을 가볍게 튕기자 원통 모양의 두터운 흙덩이가 위로 솟아올랐다가 한쪽 구석으로 떨어져 부서졌다.

마치 공깃돌을 가지고 놀듯 무거운 흙덩이를 다루는 모습에 지켜보는 이들이 탄성을 터뜨렸다.

흙덩이가 사라진 자리에는 어느새 깊이가 삼 척에 달하는 구덩이가 생겨나 있었다.

진운룡은 구덩이 밑에서 흙을 한 움큼 집어 대접에 넣었다.

그가 이토록 번거로운 일을 벌인 데에는 다 이유가 있었다.

위쪽의 흙은 진천뢰를 이용해 비밀통로를 무너뜨린 초진도가 새로 덮은 것일 터였다.

그렇다면 진천뢰의 파편이나 폭발 후의 잔류물이 남아 있을 리가 없었다.

때문에 잔류물이 남아 있을 흙을 얻기 위해 새로 덮은 흙을 들어낸 것이다.

진운룡은 손에 들고 있던 은자를 흙이 섞인 물 속에 담갔다.

모두의 시선이 대접으로 향했다.

소은설과 소진혁, 용태는 침을 꿀꺽 삼키며 진운룡의 일거수일투족에 집중했다.

만일 은자의 색깔이 검게 착색된다면 이곳에서 화약이 폭발했다는 증거였다.

그리되면 이곳 바닥을 샅샅이 수색해 진천뢰의 파편을 찾는 것은 시간문제일 터, 아니, 구태여 그럴 필요도 없을 것이다.

잠시의 시간이 흐른 후 진운룡이 조심스럽게 은자를 대접에서 꺼냈다.

"변했군!"

홍천상이 놀라 소리쳤다.

"이럴 수가!"

임덕화가 믿을 수 없다는 눈으로 은자와 초진도를 번갈아 쳐다봤다.

초진도의 안색은 더없이 창백해져 있었다.

결국, 자신이 생각했던 최악의 상황까지 다다른 것이다.

"어디, 마땅한 변명을 해 보시오!"

소진혁이 날이 선 목소리로 소리쳤다.

"초 장주. 이것이 어찌 된 일이오? 확실한 해명을 해야 할 거요".

홍천상이 굳은 얼굴로 물었다.

그의 손은 당장에라도 출수할 수 있도록 검 손잡이를 잡고 있었다.

초진도가 두 눈을 지그시 감았다.

변명을 한다 해도 의미가 없는 상황이다.

어차피 진천뢰 파편이 발견되면 더는 발뺌하기 힘들어질

것이기 때문이다.

"그렇다면, 어쩔 수 없지!"

눈을 뜸과 동시에 초진도의 표정이 변했다.

그에 입가에는 차가운 미소가 걸려있었다.

"쯧쯧! 모른 채 있었으면 목숨은 부지했을 것을…… 네놈들 스스로 무덤을 파는구나!"

"진정 네놈이 범인이었구나!"

챙!

홍천상이 검을 뽑아 초진도에게 겨눴다.

"초, 초 장주, 대체!"

갑작스럽게 변한 초진도의 태도에 임덕화가 당혹스러운 모습으로 머뭇거렸다.

"기관을 발동하라!"

공탁에게 명령을 내린 초진도가 재빨리 뒤로 물러섰다.

구구구구궁!

기관장치가 돌아가는 소리가 나며 순간 천장으로부터 철창(鐵窓)들이 내려왔다.

철컹! 철컹!

철창들은 순식간에 하오문과 제검문 일행을 가로막았다.

"크아악!"

"아악!"

철창이 내려온 곳에 위치해 있던 무사들이 미처 피하지 못하고 그대로 깔려 목숨을 잃었다.

소은설 일행과 제검문 무사들이 당황한 표정으로 우왕좌왕했다.

"엇!"

"초 장주! 뭐하는 짓이오!"

임덕화가 놀라 소리쳤다.

하지만 초진도는 꿈쩍도 하지 않았다.

"궁사들은 준비하라!"

석궁을 든 무사들이 지하 계단으로 몰려 들어와 일렬로 섰다.

기관 장치를 이용해 발사하는 석궁은 그 속도가 빠르고 파괴력이 커서 어지간한 무인들도 막기가 쉽지 않았다.

제검문 무사들이라면 몰라도 소진혁과 소은설, 용태에게는 재앙과도 같은 공격이었다.

"이대로 우리를 죽이게 되면 제검문은 물론, 무림맹도 가만히 있지 않을 것이오!"

홍천상이 위협에 초진도는 콧방귀를 뀌었다.

"어차피 네놈들을 살려 둬도 결과는 마찬가지다. 차라리 모두 죽여 대비할 시간이라도 버는 편이 낫단 말이지."

조사단과 하오문도들을 모두 죽이면 당분간 이 사실이 전해지는 것을 막을 수 있었다.

그 시간이면 충분히 모든 것을 정리하고 도주할 수 있었다.

"더러운 돼지새끼! 네놈이 그러고도 무사할 것이라 생각하느냐?! 천벌을 받을 것이다!"

소진혁이 목에 핏대를 세우며 고함쳤다.

"대체 무엇 때문에 그런 짓을 벌인 거요!"

홍천상의 물음에 초진도가 비릿한 미소를 지었다.

"흥! 곧 죽을 놈들이 그것을 알아 무엇하랴. 그냥 뒈져라!"

초진도가 손을 들어 올리자 궁사들이 석궁을 겨눴다.

모두의 얼굴에 두려움이 일었다.

"공자님! 제 뒤로 오십시오! 최대한 급소를 보호해라!"

수하들에게 명을 내린 홍천상이 임덕화의 앞을 가로막았다. 지금 홍천상에게 가장 중요한 것은 임덕화의 안위였다.

임덕화는 이미 반쯤 얼이 빠진 상태였다.

믿었던 초진도가 화재사건의 범인이란 사실에 망연자실한 것이다.

"누, 누님 우리는 어떡하죠?"

용태가 겁먹은 얼굴로 소은설을 쳐다봤다.

"이봐요, 가만히만 있을 건가요? 무슨 수라도 써 봐요!"

소은설이 조바심이 담긴 목소리로 진운룡에게 말했다.

하지만 진운룡은 느긋한 얼굴로 상황을 지켜볼 뿐 별다른 반응을 보이지 않았다.

"하기야. 이렇게 된 이상 당신도 어쩔 수 없겠죠."

진운룡이 고수라고 해도 철창에 갇힌 상황에서 할 수 있는 일이 있을 것 같지는 않았다.

체념한 소은설이 두려움에 몸을 가늘게 떨었다.

이대로 아버지를 찾지도 못한 채 죽는다고 생각하니 너무 억울하고 허탈했다.

초진도의 잔인한 미소가 더욱 짙어졌다.

"쏴라!"

퓨퓨퓨웃! 쉬이익!

스무 발이 넘는 화살이 무서운 속도로 일행을 향해 날아왔다.

까가강!

홍천상과 제검문 무사들이 검으로 화살을 쳐 냈다.

하지만 워낙에 파괴력이 센 석궁의 화살을 완벽하게 막는 것은 불가능했다.

"크윽!"

"아악!"

미처 화살을 막아 내지 못한 세 명의 무사가 몸에 화살을 박은 채 그대로 바닥에 쓰러졌다.

화살은 소은설 일행에게도 여지없이 쏘아져 왔다.

그러나 그들의 조악한 무공 실력으로는 막아 낼 도리가 없었다.

소은설과 소진혁, 용태는 두 눈을 질끈 감았다.

"으아아아! 천지신명이시여 부처님! 공자님! 태상노군님!"

용태가 괴성을 질러 댔다.

후우우우웅!

순간 소은설은 자신의 등 뒤에서 묵직한 기파가 퍼져 나오는 것을 느꼈다.

급히 눈을 뜬 소은설의 시야에는 그야말로 놀라운 광경이 펼쳐져 있었다.

하오문도들을 단숨에 꿰뚫을 듯 무섭게 날아오던 화살이 코앞에서 멈춘 채 허공에 떠 있었던 것이다.

마치 시간이 정지한 것처럼 화살들은 허공에 박혀 있었다.

모든 사람의 움직임이 멈췄다.

"이, 이게 대체!"

소은설이 너무 놀라 말을 더듬었다.

그녀는 진운룡을 돌아봤다.

오른손을 들어 올린 진운룡에게서 온몸을 저릿하게 만드는 강력한 압력이 느껴졌다.

그가 화살을 허공에 멈춘 장본인임에 틀림없었다.

"날 믿지 못하다니 실망인걸?"

진운룡이 씨익 웃으며 말했다.

"우와! 사, 살았다! 형님 최고!"

용태가 펄쩍 뛰며 기뻐했다.

"뭣들 하느냐! 재장전하라!"

정신을 차린 초진도가 부하들에게 소리쳤다.

석궁은 파괴력이 큰 대신 사거리가 짧고 다시 장전하려면 시간이 걸리는 단점이 있었다.

스으으!

그때였다.

허공에 멈춰진 화살들이 천천히 방향을 돌리기 시작하는 것이 아닌가.

"어서!"

초진도가 다급한 목소리로 수하들을 재촉했다.

번쩍!

순간 진운룡의 두 눈에서 섬광이 터져 나온다 싶더니, 화살들이 올 때보다 두 배는 빠른 속도로 반대쪽으로 쏘아져 나갔다.

"피해!"

퍼퍼퍼퍼퍽!

십여 개의 화살이 궁사들을 덮쳤다.

"크억!"

쿵! 쿠쿵!

화살에 맞은 궁사들이 그 파괴력을 이기지 못하고 뒤로 튕겨 나가 벽에 처박혔다.

지하석실이 울릴 정도로 강력한 위력이었다.

쩌어엉!

급히 장력을 펼쳐 화살을 쳐 낸 초진도의 손에서는 피가 흘러나오고 있었다.

"이, 이놈!"

초진도가 이를 갈며 진운룡을 노려봤다.

우려했던 대로 만만치 않은 상대였던 것이다.

"우와, 형님! 멋져요!"

"뭐 이 정도야 아이들 당과를 빼앗는……."

소은설도 놀란 눈으로 진운룡을 바라봤다.

고수라는 것을 알고는 있었지만, 직접 그 능력을 보니 그야말로 입이 다물어지지 않았다.

'내가 대체 누굴 데려온 거야?'

어쩌면 정말 진운룡이 그의 말처럼 대단한 인물일지도 모른다는 생각이 들기 시작했다.

제검문 사람들도 진운룡의 믿기 힘든 신위에 두 눈을 부릅떴다.

"대체 어디서 저런 고수가!"

홍천상의 두 눈이 찢어질 듯 커졌다.

지금 진운룡이 보여 준 수법은 이제껏 한 번도 듣도 보도 못한 것이었다.

물론, 날아오는 화살을 쳐 내 적에게 돌려보내는 것은 절정을 넘어선 고수라면 가능한 일이었다.

하지만 손도 대지 않고 날아오는 화살을 멈추고, 반대로 쏘아 보내다니…… 마치 이기어검을 보는 듯했다.

이기어검을 사용하는 고수가 과연 강호에 몇이나 되겠는가. 그런 고수가 지금 눈앞에 나타난 것이다.

초가장 무사들 역시 공포에 젖어 있었다.

단 한 번의 손짓으로 열 명이 넘는 무사들이 목숨을 잃었다. 진운룡은 자신들이 어찌해 볼 수 없는 절대고수였다.

진운룡이 철창을 빠져나오는 순간 그들은 죽은 목숨과 같았다.

"장주님 궁사들이 준비됐습니다!"

그때 총관 공탁이 다급히 초진도에게 소리쳤다.

"멍청한 놈! 보고서도 모르냐? 어차피 화살은 소용없다!

모두 빠져나가 진천뢰를 터뜨린다!"

금원각 지하계단 입구에는 진천뢰가 매설되어 있었다.

그것을 터뜨려 제검문과 하오문도들을 한꺼번에 매몰시키려는 것이다.

"하지만, 그렇게 되면 금원각이 무너질지도 모릅니다! 그 정도 규모의 폭발이 일어나면 관원들의 의심도 사게 될 것입니다!"

"어차피 이렇게 된 이상 모두 버리고 떠날 것이다."

놀란 듯 눈을 크게 뜬 공탁이 즉시 고개를 숙인 후 수하들에게 명했다.

"모두 이곳을 빠져나가라! 진천뢰를 터뜨릴 것이다!"

우우우우웅!

그때, 어마어마한 압력이 지하석실 전체를 가득 메웠다.

"저, 저럴 수가!"

공탁이 경악한 얼굴로 말을 잇지 못했다.

드드드드득!

하오문과 제검문을 가둬 둔 철창살들이 마치 엿가락처럼 휘어지기 시작했던 것이다.

압력의 중심에는 진운룡이 있었다.

그로부터 퍼져 나오는 강력한 기파가 철창을 구부리고 있었다.

콰드득!

힘을 이기지 못한 철창의 아랫부분이 뜯겨져 위로 천천히 휘어져 올라갔다.

"젠장! 심지에 불을 붙여라!"

초진도와 수하들이 급히 계단으로 빠져나갔다.

"엇! 놈들이 도망치고 있소!"

소진혁이 소리쳤다.

"진천뢰를 터뜨리지 못하도록 막아야 하오! 모두 날 따르시오!"

홍천상이 위로 말려 올라간 철창 틈으로 급히 몸을 날렸다.

"이봐요! 이대로 있으면 우린 폭사할 거예요!"

소은설이 진운룡에게 다급히 소리쳤다.

순간, 진운룡의 신형이 흐릿하게 사라졌다.

콰아아아아앙!

동시에 지하계단에서 강력한 폭발이 일어났다.

* * *

콰아아아앙!

초진도가 지하계단을 빠져나오자마자 폭음과 함께 진천뢰

가 터졌다.

미처 빠져나오지 못한 공사들 몇 명 역시 함께 폭사했지만, 초진도에게 그들의 목숨은 애초에 안중에도 없었다.

“흥, 제깟 놈이 아무리 고수라 해도 입구가 무너진 이상 빠져나오진 못할 것이다!”

의기양양한 얼굴로 초진도가 말했다.

“다행히 금원각이 무너지진 않았습니다.”

일층은 바닥이 내려앉은 상태였으나 나머지 층은 큰 이상이 없었다.

“모든 걸 정리하고 제녕을 뜬다! 서둘러라!”

초진도가 공탁에게 철수를 지시했다.

폭음을 들은 이들이 많을 것이다.

관에서 곧 조사를 나올 건 불 보듯 빤한 일.

더는 제녕에 머물 수 없었다.

고개를 숙인 공탁이 무사들에게 명을 내리려는 순간이었다.

드드드드드!

갑자기 금원각이 진동하기 시작했다.

“뭐, 뭐야!”

초진도가 급히 고개를 돌려 지하 계단 입구를 바라봤다.

진동과 함께 매몰된 입구에서 파편들이 떨어져 내리고 있었다.

콰아아아앙!

순간, 강력한 폭발과 함께 지하계단 입구가 터져 나갔다.

마치 수십 개의 화탄이 터진 것 같은 어마어마한 폭발이었다.

가까이 있던 무사들은 폭발에 휘말려 뒤로 튕겨 나갔다.

주춤 뒤로 물러선 초진도가 부릅뜬 눈으로 지하계단을 바라봤다.

자욱한 흙먼지 속에서 흐릿한 그림자가 천천히 앞으로 걸어 나오고 있었다.

"대, 대체! 네놈은 누구냐!"

초진도가 떨리는 목소리로 소리쳤다.

흙먼지 속에서 나타난 자는 다름 아닌 진운룡이었던 것이다. 제검문과 하오문도들이 그 뒤를 따르고 있었다.

"초장주 모든 게 끝났으니 이제 그만 포기하시오!"

홍천상이 검을 겨누며 말했다.

"하하하! 포기하면 살려 주기라도 할 것이냐?"

"이런 갈아 마셔도 시원치 않을 놈! 네놈이 저지른 일을 알고도 그런 말이 나오느냐!"

소진혁이 분노한 얼굴로 말했다.

백 명이 넘는 이의 심장을 산 채로 뽑아내고, 무림맹 조사단을 폭사시키려 했다.

몇 십 번을 죽인다 해도 결코 그 죄를 다 갚지 못할 것이다.

"크크크! 이렇게 된 이상 순순히 죽어 줄 순 없지! 이게 다 네놈 때문이구나! 어디서 나타난 놈인지는 모르겠으나, 네놈이 우리 일을 방해한 것을 후회하도록 해 주마!"

진운룡을 노려보는 초진도의 두 눈에서 살기가 일었다.

진운룡만 아니었다면 사건의 진상이 밝혀질 일도 없었고, 제검문과 하오문도들이 살아남을 수도 없었을 것이다.

"오, 오라버니 대체 무슨 일이에요?"

그때였다.

임덕화의 동생 임설향이 폭음을 듣고 금원각으로 달려왔다.

"하하하! 이거 하늘이 날 돕는 모양이구나!"

"아악!"

초진도가 재빨리 임설향을 붙잡았다.

"서, 설향아!"

"아가씨!"

임덕화와 홍천상이 놀라 외쳤다.

"이년을 살리고 싶으면 모두 물러서라!"

초진도의 오른손은 임설향의 가느다란 목을 당장이라도

부러뜨릴 듯이 움켜쥐고 있었다.

"네 이놈! 당장 놓지 못하겠느냐!"

홍천상의 두 눈에서 불길이 일었다.

"초, 초 장주 왜 이러시오! 동생을 놔주시오!"

임덕화의 애원을 아랑곳하지 않고 초진도가 임설향의 목을 더 옥죄었다.

"흥! 모두 그 자리에 꼼짝 마라! 내가 안전하게 빠져나간 후 이 계집을 보내 주마! 조금이라도 허튼 수작을 한다면 이 계집의 목숨은 절대 살릴 수 없을 것이다!"

초진도가 진운룡을 흘긋거리며 말했다.

아무래도 가장 걱정되는 것은 진운룡의 움직임이었기 때문이다.

"아버지의 행방을 알아내려면 저들을 절대 이대로 보내서는 안 돼요!"

소은설이 안절부절 못하는 얼굴로 진운룡에게 말했다.

초진도는 아버지 소진태의 행방을 알고 있는 유일한 자였다. 이대로 놓치게 되면 아버지를 찾을 유일한 실마리가 그대로 사라지게 되는 것이다.

"걱정 마. 어차피 놈은 못 도망가니까."

진운룡이 단언하듯 말한 후 앞으로 나섰다.

"놈! 내 말이 말 같지 않느냐!"

"아악!"

초진도가 목을 틀어쥔 손에 힘을 주자 임설향이 비명을 질렀다.

"공자, 섣불리 움직이지 마시오! 그대가 고수인 것은 알겠으나, 우리 아가씨의 목숨이 달린 일이오!"

홍천상이 급히 진운룡을 막았다.

피식!

진운룡의 얼굴에 비릿한 미소가 걸렸다.

"그럼 나는 손 뗄 테니 당신이 해결해 보시든가. 어차피 나는 초진도만 잡으면 되니, 그대들이 다 죽고 나면 그때 움직이도록 하지."

진운룡이 어깨를 으쓱이며 뒤로 물러서자 홍천상이 당황한 표정을 지었다.

진운룡이 손을 떼면 제검문 혼자서 초진도와 그 수하들을 상대해야 한다.

초가장 무사들은 제검문에 비해 인원이 배는 더 많았고, 실력 또한 제검문 무사들에 뒤지지 않았다.

제검문 혼자서 덤벼들다가는 임설향을 구해 내기도 전에 몰살당하게 될 것이다.

그나마 여기까지 초진도를 몰아넣을 수 있었던 것도 진운룡이 아니었다면 불가능했던 일이 아니던가.

"그, 그렇지만……."

홍천상이 말을 잇지 못했다.

진운룡이 물러서자 초진도는 교활한 눈빛으로 퇴로를 살폈다.

그에게는 지금이 기회였다.

진운룡과 제검문이 옥신각신하는 틈을 타 달아나려는 것이다.

이런 상황을 아는지 모르는지 진운룡은 태평하기만 했다.

"어찌 무인 된 자가 연약한 아녀자가 악적들의 손에 잡혀 있는 것을 못 본 채 한단 말이오!"

진운룡의 태도가 못마땅한 임덕화가 목에 핏대를 올리며 소리쳤다.

순간, 진운룡의 시선이 임덕화에게로 향했다.

"헉!"

진운룡의 눈빛을 마주친 순간 임덕화는 마치 가위에라도 눌린 듯 손가락 하나 꿈쩍할 수 없었다.

맹수를 마주한 먹잇감처럼 임덕화는 공포로 온몸이 굳어버린 것이다.

진운룡의 입술이 천천히 열렸다.

"그렇게 정의감이 넘치면, 잘난 네놈이 스스로 구할 일이지 왜 나한테 징징대는 거냐? 고작 화살 따위가 무서워 떨고 있었던 주제에 내가 아주 우습게 보이는 모양이구나?"

등골이 서늘할 정도로 매서운 한기에 임덕화의 얼굴이 흑색으로 변했다.

우우우우우웅!

진운룡으로부터 뿜어져 나온 강력한 기운이 그의 온몸을 터뜨려 버릴 듯 압박하고 있었다.

"커헉!"

숨조차 쉴 수 없는 어마어마한 압력에 임덕화의 입에서 숨넘어가는 소리가 새어 나왔다.

"고, 공자! 이게 무슨 짓이오! 우리 대공자께서 아직 강호경험이 적어 실수를 한 것이니 이, 이제 그만 용서해 주시오."

홍천상이 새하얗게 질린 얼굴로 진운룡을 말렸다.

"실수라?"

홍천상을 한 번 돌아본 진운룡이 피식 한 번 웃더니 기세를 거두었다.

털썩!

임덕화가 얼이 빠진 모습으로 바닥에 주저앉았다.

"다시 한 번 말하지만, 내 머릿속에 그대들은 전혀 들어있지 않아. 사실, 그대들이 죽건 말건 아무런 관심이 없단 말이지. 난 오로지 초진도만 잡으면 그만이거든. 그러니 괜히 쓸데없이 내 성질을 건드리지 말도록 해. 보다시피 내가 성질이 좀 더럽거든?"

한기 어린 진운룡의 목소리에 홍천상의 몸이 살짝 떨렸다.

갑작스런 소란을 틈타 초진도가 천천히 장원 입구 쪽으로 물러섰다.

하지만 진운룡의 눈을 벗어날 수는 없었다.

"그렇다고 네놈 역시 내버려 둘 수는 없지."

비릿한 조소와 동시에 진운룡의 신형이 연기처럼 사라졌다.

스으으윽!

"엇!"

깜짝 놀란 초진도가 재빨리 임설향의 목을 비틀었다.

한데 손에서 아무런 느낌도 느껴지지 않았다.

초진도의 시선이 임설향에게로 향했다.

푸악!

"꺄악!"

순간 초진도의 팔목에서 피가 뿜어져 나왔다.

어느새 그의 손이 팔목부터 잘려져 나간 것이다.

"어어……."

너무도 순식간의 일이라 초진도는 비명조차 지르지

못했다.

퍼퍽!

둔탁한 소리가 들리며 초진도의 육신이 뒤로 날아가 처박혔다.

초진도가 서 있던 자리에는 어느새 진운룡이 모습을 드러내고 있었다.

누구도 진운룡이 어떻게 초진도의 손목을 자르고 그를 쓰러뜨렸는지 눈으로 확인하지 못했다.

갑작스럽게 핏물을 뒤집어쓴 임설향이 덜덜 떨며 고개를 들어 진운룡을 바라봤다.

그리 크지 않은 체격이지만 단단해 보이는 몸, 그야말로 절세의 미남이라 할 수 있는 조각 같은 얼굴, 그가 자신을 구해 줬다고 생각하니 임설향은 두려운 가운데에서도 가슴이 두근거렸다.

"장주님을 구하라!"

그때, 총관 공탁과 무사들이 초진도의 앞을 막아섰다.

"어리석군."

피식 웃은 진운룡이 오른손을 들어 올렸다.

그의 눈동자가 노랗게 물들었다.

스스스스!

동시에 초진도의 손목에서 쏟아져 나온 핏물이 허공으로

떠올라 진운룡의 손아귀로 빨려 들어갔다.

손 위로 모여든 핏물들은 천천히 회전하며 둥근 구체를 이루었다.

피의 구체가 점점 커져 주먹만 해지자 진운룡이 가볍게 손을 튕겼다.

슈우우욱!

파열음과 함께 구체가 터져 나가며 수십 개의 핏방울이 마치 암기처럼 쏘아져 나갔다.

퍼퍼퍼퍼퍼퍽!

"크악!"

"아악!"

핏방울이 진운룡 앞을 막아선 무사들을 꿰뚫었다.

무사들의 육신뿐 아니라 그들이 들고 있는 검까지 관통할 정도로 강력한 위력이었다.

비명과 함께 무사들이 그 자리에 쓰러졌다.

"크으으……."

이 한 수로 초진도와 그의 수하들 중 온전히 서 있는 이는 한 사람도 없게 되었다.

진운룡의 강력한 무력과 잔혹한 손속에 제검문은 물론 하오문도들도 숨을 죽인 채 아무 말도 하지 못했다.

"고, 고마워요……."

임설향이 홍조가 도는 얼굴로 말했다.

"널 위해 한 게 아니다."

무뚝뚝한 진운룡의 말에 임설향은 순간 서운함을 느꼈다.

하지만 그런 차가운 모습마저도 오히려 진운룡만의 매력으로 느껴졌다.

'어쩜. 정말 완벽한 나의 이상형이야!'

진운룡을 바라보는 임설향의 눈빛이 당과를 보며 침을 삼키는 아이처럼 빛났다.

임설향의 마음이 어떻든 아랑곳하지 않고 진운룡은 담담한 얼굴로 초진도를 향해 천천히 걸어갔다.

"으으으……. 네놈이 감히……."

초진도는 독기가 가시지 않은 표정으로 진운룡을 노려봤다.

무시무시한 진운룡의 신위를 확인하고도 전혀 위축되지 않는 것을 보면 그 역시 보통 인물은 아니었다.

"어이. 네가 원하는 것을 물어봐라."

진운룡이 소은설을 보며 손짓을 했다.

그제야 충격에서 헤어 나온 소은설이 얼른 진운룡 옆으로 달려왔다.

그녀는 두려운 눈으로 진운룡을 흘끔거렸다.

그동안 함부로 대했던 것이 왠지 뜨끔했다.

'혹시라도 나한테 악감정이 있는 것은 아니겠지?'

만일 진운룡이 억하심정을 가지고 자신에게 손을 쓴다면…….

생각만 해도 끔찍한 상상에 소은설이 침을 꿀꺽 삼켰다.

"뭘 그렇게 쳐다봐? 내 얼굴에 뭐라도 묻었나?"

진운룡이 특유의 능글맞은 목소리로 말했다.

"아, 아니…… 그게 아니고요."

소은설이 말을 더듬거리며 어쩔 줄을 몰라 했다.

"궁금한 게 없으면 말고."

"아!"

그제야 자신이 왜 이곳에 있는지를 떠올린 소은설은 초진도를 바라봤다.

"개 같은 놈! 대체 우리 아버지는 어디로 보낸 거야?!"

금세 힘이 났는지 소은설이 증오가 담긴 얼굴로 목소리를 높였다.

"네년의 아버지는 아마도 이미 뒈졌을 것이다. 그게 다 제 분수도 모르고 이리저리 쑤셔 댄 대가지. 큭큭큭!"

팔목이 잘린 고통도 잊었는지 초진도가 즐겁다는 듯 비열하게 웃었다.

소은설의 안색이 창백해졌다.

"거짓말 마! 어디로 보냈는지 빨리 말하란 말이야!"

소은설이 달려들려는 것을 진운룡이 막았다.

"팔이 잘렸다고 해도 네가 덤벼들 상대가 아니다."

"젠장!"

초진도가 아쉬운 듯 입맛을 다셨다.

소은설을 격동시켜 자신에게 달려들도록 만들려 했는데, 진운룡이 어느새 눈치를 챈 것이다.

"아버지의 행방은 걱정할 것 없다. 놈이 알고 있다면 결국 말하게 될 테니까."

진운룡의 입가에 비릿한 미소가 걸렸다.

"크으윽! 아무리 고문을 한다 해도 내게서 들을 수 있는 것은 없을 것이다!

진운룡이 다가오자 초진도가 욕지기를 토해 냈다.

"고문 따위 귀찮은 짓을 할 이유가 없지."

그에게는 번거로운 고문 보다 훨씬 능률적이고 효율적인 방도가 있었다.

바로 제령안을 사용하는 것이다.

순간, 진운룡의 두 눈에서 황금빛 섬광이 터져 나왔다.

화아아악!

"크아아악!"

갑자기 머릿속이 새까맣게 타들어 가는 듯한 고통에 초진도가 비명을 질렀다.

진운룡이 경련하는 초진도의 얼굴을 붙잡고 눈을 맞췄다.

초진도의 가느다란 눈이 눈동자가 밖으로 튀어나올 듯 부릅떠졌다.

덜덜덜!

두 눈 가득 핏발이 선 초진도가 온몸을 사시나무 떨듯 떨었다.

진운룡의 송곳 같은 눈빛이 초진도의 머릿속을 후벼 파고 의식을 송두리째 끄집어냈다.

'대체 무엇을 하고 있는 거지?'

소은설을 비롯해 하오문과 제검문 사람들은 두려운 얼굴로 그 기괴한 모습을 지켜봤다.

그들은 진운룡이 초진도를 고문하고 있다고 여겼다.

다른 사람의 시선을 무시한 채 진운룡은 천천히 초진도의 기억을 읽기 시작했다.

"시체들……. 무인……. 제남?"

소은설의 아버지가 옮겨진 곳은 제남이었다.

그것도 혼자가 아니라, 다른 여섯 명과 함께 배로 옮겨졌다.

진운룡은 소진태가 옮겨진 곳이 정확히 제남 어디인지, 그리고 소진태와 다른 사람들을 옮긴 이유가 무엇인지 알아내기 위해 좀 더 초진도의 기억을 파고들었다.

그때였다.

부르르르!

갑자기 초진도의 입에서 거품이 일더니 안에서 무언가가 움직이기라도 하는 듯 머리가 불룩거리며 들어갔다 나왔다를 반복했다.

"금제?!"

퍼억!

깜짝 놀란 진운룡의 외침과 동시에 초진도의 머리가 터져 나갔다.

"이것은……."

진운룡의 눈에 묘한 빛이 일었다.

초진도의 머리에 행해진 금제에 익숙한 기운이 느껴졌기 때문이다.

머리가 터지고 뇌수가 흩어지는 잔혹한 모습에 사람들이 고개를 돌렸다.

그들의 눈에는 자신의 손에 묻은 피와 뇌수를 아무렇지도 않게 털어 내는 진운룡의 모습이 괴물처럼 보였다.

"아, 아버지의 행방은 어떻게 되는 거죠?"

소은설이 당황한 목소리로 물었다.

초진도가 죽었으니 아버지가 어디로 갔는지 이제는 어떻게 알아낸단 말인가.

그렇다고 진운룡을 원망할 수도 없었다.

초진도의 머리가 터져 나갈 줄은 진운룡도 알지 못했던 듯 보였기 때문이다.

소은설은 망연자실한 얼굴로 바닥에 주저앉았다.

"아버지……. 흐흑……!"

소은설이 흐느끼는 소리에 상념에서 깨어난 진운룡이 자리에서 일어났다.

"제남으로 옮겼군. 네 아버지뿐 아니라 여섯 명이 함께 끌려갔어."

소은설이 깜짝 놀라 일어났다.

"아, 아버지가 있는 곳을 알아낸 건가요? 호, 혹시 초진도가 죽기 전에 이야기 나요?"

뒤쪽에 있던 그녀는 아무런 소리도 듣지 못했기에 조금 의아하긴 했지만, 그런 것은 중요하지 않았다.

어찌 됐든 아버지의 행방에 대한 단서를 알아냈다는 사실이 먼저였다.

"뭐, 어떻게 보면 그런 셈이지."

"정말인가요! 상태는요? 아직 살아 계신 거죠?"

조바심이 인 소은설이 연달아 질문을 쏟아 냈다.

"그가 마지막 봤을 때까지는 분명 살아 계셨다더군."

소은설의 얼굴이 밝아졌다.

"숙부 들으셨어요? 아버지가 제남에 계시대요!"

"형님이 살아 계시다니!"

"누님! 정말 다행이에요!

소진혁과 용태도 눈물이 글썽한 얼굴로 기뻐했다.

그때, 제검문 사람들이 조심스럽게 다가왔다.

"공자 우리와 아가씨를 구해 주셔서 고맙소이다. 아까는 실례가 많았소. 하오문에도 저희의 무례를 진심으로 사과드리오."

홍천상이 고개를 숙이며 진운룡과 소진혁에게 사과했다.

진운룡이 버티고 있는 이상 하오문은 이제 함부로 무시할 수 있는 곳이 아니었기 때문이다.

게다가 임덕화가 한 짓들을 혹시라도 진운룡이 걸고 넘어간다면 걱정이었다.

제검문 전체가 덤빈다 해도 진운룡을 과연 이길 수 있다는 보장이 없기 때문이다.

"아닙니다. 홍 부대주께서 그나마 저희의 말을 들어 주셔서 오늘 초가 놈을 잡을 수 있었소이다. 너무 개의치 마십시오."

소진혁은 무안한 얼굴로 손사래를 쳤으나, 솔직히 속은 무척이나 시원했다.

임덕화는 아직 두려움이 남아 있는지 쭈뼛거리며 진운룡

과 눈을 마주치지 못했다.

대놓고 하오문을 무시한데다 어리석게도 초진도의 편을 들었기 때문이다.

입이 열 개라도 할 말이 없는 상황이었으나, 자존심 때문에 직접 입 밖으로 꺼내지는 못하고 있었다.

"공자님, 은혜를 입었으면 반드시 갚아야 하는 것이 도리라 배웠습니다. 저…… 괜찮으시다면 저희 제검문에 함께 가시는 것은 어떨까요?"

임설향이 수줍은 모습으로 진운룡에게 말했다.

"아, 그것도 좋겠군요. 공자와 하오문 분들을 제검문에 초대하고 싶습니다. 아마 문주님께서도 크게 기뻐하실 것입니다."

홍천상이 맞장구를 쳤다.

여러모로 진운룡과 하오문은 자신들의 은인이었다.

이번 화재사건을 해결하게 된 것도 제검문에게는 큰 경사였다.

도움을 받긴 했으나 결국 무림맹에서 맡긴 임무를 성공적으로 수행한 것이다.

맹에서 그에 대한 걸맞은 보상이 있을 것이 분명했다. 게다가 진운룡이 아니었으면 자신들은 모두 폭사할 뻔하지 않았던가.

하지만 두 사람의 요청에도 진운룡은 묵묵부답이었다.

그가 세상으로 나온 이유는 오로지 소은설에 대한 의문들과 과거의 여인에 대한 미련 때문이었다.

다른 일에 신경 쓰고 싶은 마음도 없었고, 다른 자들과 엮이고 싶은 생각도 전혀 없었던 것이다.

진운룡이 아무런 반응도 없자 홍천상이 무안한 듯 헛기침을 했다.

"그런데, 왜 초진도가 아버지를 제남으로 보낸 거죠? 게다가 다른 사람들도? 그렇다면, 초진도 뒤에 다른 무리가 있다는 이야기 아닌가요?"

소은설이 문득 생각난 듯 물었다.

"글쎄, 그것은 알아내지 못했군. 놈의 머리에 금제가 가해져서 그 이상은 한계였어."

"아!"

금제 때문에 초진도의 머리가 터져 나간 것을 안 소은설이 아쉬운 탄성을 토해 냈다.

정확히 아버지가 어디에 있는지만 알았어도 훨씬 찾기가 쉬웠을 것이기 때문이다.

"그럼 제남에 가 봐야 될 것 같은데……."

소은설이 진운룡의 눈치를 살폈다.

정황상 초진도의 뒤에 미지의 세력이 관계되어 있을 가능성이 높았다.

만일 그것이 사실이라면 그 세력은 초가장과는 비교도 되지 않을 정도로 강력한 힘을 가진 곳일 터였다.

그런 곳을 상대로 소은설이 아버지를 구해 낸다는 것은 거의 불가능에 가까웠다.

하지만 진운룡이 돕는다면 이야기가 달라진다.

진운룡은 그녀가 상상조차 못할 정도의 고수였다.

어쩌면 그녀가 허세라 여겼던 진운룡의 행동과 말들이 모두 진실일 수도 있다고 믿어질 정도였다.

그런 고수가 돕는다면 충분히 희망을 가져 볼 수 있었다.

"약속은 지켜야겠지."

진운룡의 대답에 소은설이 눈을 빛냈다.

"저, 정말이죠?"

"당연하지. 나 광룡의 약속은 천금보다 귀하니까."

진운룡의 뻔뻔한 자화자찬도 얼마든지 참아 줄 수 있을 만큼 소은설은 희망에 들떠 있었다.

"고마워요!"

소은설은 문득 정말 진운룡이 마음만 먹었다면 벌써 혈귀곡을 나올 수 있었던 것은 아닐까 하는 생각이 들었다.

'하기야 그렇다면 나와 약속을 할 필요가 없었겠지?'

고개를 절레절레 흔든 소은설이 진운룡을 흘끔 바라봤다.

'그래도 잘나긴 정말 잘났단 말이야.'

"뭘 그리 빤히 쳐다보는 거지? 혹시 반한 건가? 미안하지만 애들은 사절하지……."

진운룡의 입꼬리가 장난스럽게 위로 올라갔다.

"누, 누가요! 착각도 유분수지!"

얼굴이 빨개진 소은설이 휙 고개를 돌렸다.

"단, 일이 좀 늘어났으니, 나도 한 가지 조건이 있어."

그때 갑자기 진운룡이 의미심장한 얼굴로 말했다.

"무, 무슨 조건인데요?"

소은설이 불안한 얼굴로 물었다.

진운룡의 괴팍한 성격을 봤을 때 결코 쉬운 조건은 아닐 것이 분명했기 때문이다.

"너에게서 받고 싶은 게 있거든."

진운룡이 씨익 웃으며 말했다.

소은설은 순간 심장이 덜컥 내려앉는 것만 같았다.

'바, 받을 게 있다니…….'

아무리 생각해도 자신은 진운룡에게 대가로 지불할 만큼 귀한 물건이나 돈을 가지고 있지 않았다.

아버지도 실종된 지금 가난한 그녀가 가진 것은 오로지 몸뚱이와 목숨 하나뿐이었다.

'서, 설마!'

소은설의 얼굴이 순간 벌겋게 상기됐다.

"무, 무엇을 받고 싶은데요?"

소은설이 떨리는 목소리로 물었다.

"그건 나중에 말해 주지. 왜, 싫어? 싫으면 관두고."

소은설은 심각한 고민에 빠졌다.

'아, 아무리 그래도 순결을 바쳐야 하다니…….'

당찬 그녀도 결국은 여인이었다.

첫 경험을 사랑이 아닌 거래의 대가로 지급한다는 것은 너무 잔인한 일이었다.

'아냐! 아버지를 위해서라면! 내 몸 따위.'

소은설이 이를 악물었다.

당장에 아버지의 생사가 걸린 일이다.

순결을 지키는 것보다는 아버지의 목숨이 훨씬 중요했다.

'그래도 순결을 이렇게…….'

다시 소은설의 표정에 망설임이 어렸다.

시시각각으로 변하는 소은설의 얼굴을 보며 진운룡이 짓궂은 미소를 지었다. 그녀가 무슨 생각을 하고 있는지 눈치챘기 때문이다.

하지만 굳이 오해를 풀어 주고 싶은 마음은 없었다.

나름 재미가 있었기 때문이다.

"그럼 없었던 일로 하지……."

짐짓 표정을 차갑게 굳힌 진운룡이 그대로 돌아섰다.

"아, 아니에요! 좋아요! 그렇게 할게요."

소은설의 얼굴이 홍시처럼 붉어져 있었다.

"그래?"

순간, 갑자기 진운룡이 그녀를 향해 얼굴을 바싹 들이밀었다.

"무, 무슨……!"

소은설은 너무 놀라 석상처럼 굳어 버렸다.

마치 입맞춤을 하듯 진운룡의 입술이 그녀의 입술을 향해 점점 다가왔기 때문이다.

'무, 무슨 짓이야 이 사람! 아무리 내가 허락했다 해도 이렇게 갑자기!'

그녀의 심장은 터질 듯이 방망이질 쳤고, 머릿속은 온통 하얗게 변해 버렸다.

하지만 그녀의 기대와는 달리 거의 닿을 듯 말듯 다가온 진운룡의 입술이 마지막 순간 소은설의 귓가로 향했다.

"좋아. 그럼 계약이 성립된 것으로 하지. 대신 나는 네 아버지를 구할 때까지 시간이 얼마나 걸리든, 상대가 누구든 돕기로 하마."

진운룡이 장난기 어린 미소를 지으며 뒤로 물러섰다.

소은설은 순간 온몸의 힘이 모두 빠져나가는 것만

같았다.

'시, 심장 떨어질 뻔했네!'

그녀는 속으로 안도의 한숨을 내쉬었다.

하지만 가슴 한구석에서는 왠지 허전함이 느껴졌다.

'내, 내가 무슨 생각이야!'

소은설은 얼른 고개를 저었다.

"제남으로 갈 거면, 어차피 연주까지는 함께 움직여도 되겠네요!"

제남으로 간다는 말을 들은 임설향이 얼른 끼어들면서 소은설은 정신을 차렸다.

"그게 좋겠군요. 요즘 연주 근처에서 민란이 발생해서 검문검색이 심한 편이라 우리와 함께 가시는 편이 귀찮은 일을 피하기엔 좋을 겁니다. 이번 기회에 비슷한 또래의 후기지수들 간에 좋은 교분을 나누시는 것도 좋을 듯싶습니다."

홍천상이 임설향을 거들었다.

무림맹 조사단이라면 관에서도 함부로 건들 수가 없었다.

물론 진운룡이라면 관의 검문을 두려워할 리는 없었으나, 혼자 움직이는 것도 아니고, 소은설과 함께라면 여러모로 번거로운 일일 것이다.

"흠, 흠……. 아, 아무래도 그편이 낫겠네요. 당신 생각은 어때요?"

소은설이 아직 상기된 얼굴로 진운룡에게 물었다.

"그게 덜 번거롭기는 하겠군."

진운룡도 관군과 부딪히는 일은 별로 달갑지 않았다.

그렇다고 피해 가는 것은 그의 성격상 어울리지 않았다.

진운룡까지 동행에 동의하자 임설향은 펄쩍 뛰며 좋아했다.

이렇게 되니 조사단의 책임자인 임덕화 역시 마지못해 동행을 허락할 수밖에 없었다.

"응?"

그때였다.

갑자기 진운룡의 시선이 금원각 꼭대기로 향했다.

그곳에는 까마귀 한 마리가 내려앉아 있었다.

"쥐새끼가 있었군."

번쩍!

퍽!

진운룡의 두 눈에서 섬광이 번뜩임과 동시에 까마귀의 몸이 터져 나갔다.

"무, 무슨 일이죠?"

소은설이 놀라 물었다.

"누군가 우리를 지켜보고 있었어."

진운룡이 눈살을 찌푸렸다.

소은설은 어리둥절한 표정으로 진운룡을 바라봤다.

자신이 본 바로는 까마귀 한 마리가 있었을 뿐인데, 누가 지켜보고 있었다니 그녀로서는 이해할 수 없는 이야기였다.

"어떤 자들은 특수한 술법을 통해 동물들과 교감을 하고 그것들이 듣고 보는 것을 똑같이 느낄 수 있어. 흔히 수혼통령(獸魂通靈)이라 하지 아까 그 까마귀는 인간의 지배를 받는 복령수(僕靈獸)야."

생전 처음 들어 보는 이야기에 소은설은 눈을 동그랗게 떴다.

"그럼 아까 그 까마귀가 우리를 지켜보고 있었다는 이야기예요?"

"맞아."

"누가 왜 우릴 지켜봤을까요?"

"글쎄, 어쩌면 우릴 지켜본 게 아니라 초가장을 염탐하고 있었던 걸 수도 있지……."

문제는 수혼통령이 아무나 사용할 수 있는 술법이 아니라는 것이다.

진운룡이 알기로 이 술법을 사용하는 무리는 이미 세상에서 사라졌다.

"초진도의 금제도 그렇고, 이상하군……."

진운룡의 두 눈이 묘하게 빛났다.

5장
제남으로 향하다

희미하게 등잔이 켜진 열 평 남짓한 작은 석실.

사방에는 나무로 된 새장들이 가득했고, 그 안에는 까마귀들이 안광을 뿜어냈다.

그 중앙에 올빼미 머리 모양의 가면을 쓴 사내가 가부좌를 틀고 앉아 있었다.

"크으윽! 쿨럭!"

한동안 움직임이 없던 사내가 갑자기 신음과 함께 피를 한 움큼 토해 냈다.

"커어억!"

허리를 꺾으며 괴로워하는 사내의 입에서 다시 한 번 핏물이 뿜어져 나왔다.

"크으으……. 대, 대체 어떻게 눈치챈 거지?"

사내의 목소리가 심하게 떨렸다.

복령수(僕靈獸)가 죽으며 그 충격이 그대로 사내에게도 전해졌기 때문이다.

"크윽……. 복령수를 알아보는 자가 있을 줄이야……."

도무지 믿어지지 않는 일이었다.

"대체 어디서 그런 자가 나타난 것인가? 아무리 생각해도 보통 일이 아니야. 이 사실을 빨리 통주(統主)께 보고를 올려야 한다."

어느 정도 충격이 가신 듯 고개를 든 가면 사내가 서둘러 석실을 나섰다.

*　　　*　　　*

"그래 언제 제남으로 출발하기로 했느냐?"

소진혁이 소은설에게 물었다.

"이틀 후예요. 일단, 여행에 필요한 준비도 해야 하고, 조사단 임무에 대한 보고와 마무리가 끝나야 움직일 수 있으니까요."

소진혁이 고개를 끄덕였다.

무림맹에서 직접 맡긴 임무를 해결했으니, 제검문 입장에서는 큰 공을 세운 셈이다.

마지막 마무리까지 빈틈없이 끝내 이번 기회에 맹에서 입지를 끌어 올리려 할 것이다.

게다가 아직 일이 완전히 끝난 것은 아니었다.

초진도의 뒤에 배후 세력이 있을 가능성이 컸기 때문이다.

추가 조사를 할 것인지의 여부는 맹에서 결정할 것이지만, 그 판단을 위해서는 초가장이나 화재사건에 대한 모든 정보나 증거자료를 수집해서 맹으로 보내야 했다.

제검문에게는 이틀도 결코 길지 않은 시간이었다.

"한데, 도무지 진 공자의 정체를 짐작할 수 없구나. 마치 갑자기 하늘에서 뚝 떨어지기라도 한 것처럼 말이지."

소진혁이 턱을 어루만지며 고개를 갸웃거렸다.

그 정도 실력을 가진 고수라면 하오문 정보망에 포착되지 않았을 리가 없었다.

하지만 이제껏 진운룡과 같은 젊은 고수가 산동에 있다는 이야기는 들어 보지 못했다.

"자기 말로는 광룡이라면 다 안데요. 무슨 혈마를 죽였다나 뭐라나."

소은설이 심드렁한 얼굴로 말했다.

"광룡이라……."

아무리 생각해 봐도 역시 광룡이라는 별호를 가진 고수에 대해서는 들어 보지 못했다.

"혈마라면 백 년도 훨씬 전에 강호를 피로 물들였었다던 전설의 혈귀(血鬼)가 있긴 한데, 설마 그 혈마를 말할 리는 없고……. 최근에 혈마라고는 없는데 말이야……."

백 년 전 혈마는 거의 전설과 같은 실존했는지조차 확실치 않은 존재였다.

게다가 그 혈마는 누구에게 죽은 것이 아니라 어느 순간 갑자기 스스로 강호에서 사라졌다고 알려져 있었다.

"모르죠. 워낙 허풍기가 있으니 그 혈마를 말하는 게 맞다고 할지도."

진운룡이라면 충분히 그러고도 남을 것이 분명했다.

"어쨌든 엄청난 고수임에는 분명해. 내 오십 평생을 살면서 그런 놀라운 솜씨를 가진 자는 처음 봤다니까? 뭐, 십이천이나 구대문파의 고수들은 어떨지 모르겠다만, 이 근방 무인들 중에 진 공자를 이길 사람은 없을 게야. 쩝, 설마 진짜 반로환동한 고수는 아니겠지?"

소진혁이 떨떠름한 얼굴로 말했다.

전에 진운룡과의 대화가 기억났던 것이다.

자기 입으로 농담이라고 하긴 했으나, 어쩐지 조금 불안

했다.

"어차피 그가 누구든 상관없어요. 중요한 것은 그가 정말로 강하다는 것이죠. 아버지를 찾기 위해서는 반드시 그 사람의 도움이 필요해요. 그, 그 어떠한 대가를 치르더라도……."

진운룡과의 약속이 생각난 소은설이 얼굴을 붉혔다.

"그의 도움을 받을 수만 있다면 분명 희망이 있지……."

소진혁이 고개를 끄덕였다.

"제남 분타에도 미리 연락을 넣어 둘 테니, 도착하면 들러서 도움을 청하도록 해라. 그곳은 그래도 제법 규모가 있어서 형님을 찾는 데 도움이 될 거야."

문득 생각이 난 듯 소진혁이 말했다.

"네, 숙부."

소진태가 정확히 제남 어디에 있는지 알지 못하고 있는 상태인지라, 제남 분타에서 최근 수집한 정보를 받을 수 있다면 큰 도움이 될 것이 분명했다.

소은설은 이번에야말로 반드시 아버지를 찾고 말겠다고 다짐했다.

* * *

이틀 후 소은설과 진운룡은 아침 일찍 제검문 조사단과 함께 제녕을 나섰다.

연주까지는 하루면 도착할 수 있는 거리였기에 일행은 비교적 여유 있게 움직였다.

임설향은 여행 내내 쉴 새 없이 떠들며 진운룡을 귀찮게 했다.

일행은 처음 예상했던 대로 연주까지 가는 동안 세 번이나 검문을 받았다.

하지만 제검문과 함께 한 덕으로 아무런 제제도 받지 않고 편안히 통과할 수 있었다. 반나절 넘게 움직인 끝에 일행은 해가 저물어 갈 때쯤 연주 초입에 도착할 수 있었다.

"응?"

해가 완전히 떨어지기 전에 제검문에 도착하기 위해 걸음을 서두르던 홍천상과 제검문 일행이 갑자기 멈춰 섰다.

무슨 일인가 하여 앞쪽을 살피던 소은설의 눈이 동그래졌다.

잔뜩 녹이 쓴 검을 검집 채 어깨에 걸친 청년 하나가 관도 한가운데를 막고 서 있었기 때문이다.

"그대는 무슨 연유로 백주대낮에 관도를 막고 서 있는 것인가?"

홍천상이 눈살을 찌푸리며 청년에게 말했다.

검을 든 것을 보니 무인인 듯싶었는데, 청년 외에는 주변에 아무런 기척도 느껴지지 않는 것으로 보아 산적이나 도적떼는 아닌 듯했고, 그렇다고 좋은 뜻으로 길을 막고 있는 것으로 보이지도 않았다.

청년의 몰골은 참으로 형편없었다.

허리까지 늘어져 있는 머리는 오랫동안 정리를 하지 않은 듯 엉망으로 헝클어지고 여기저기 떡이 져 있는 상태에, 옷이라기보단 걸레에 가까운 헝겊들 사이로 드러난 피부는 씻지를 않아서인지 새카맣게 때로 덮여 있었다.

"검을 차고 있다는 것은, 무인들인가?"

청년은 홍천상의 질문을 무시한 채 오히려 되물었다.

형편없는 몰골과 달리 머리카락 사이로 보이는 청년의 두 눈은 날카롭게 빛나고 있었다.

분위기를 보아 아무래도 일부러 길을 막아선 것이 틀림없었다.

"우리는 제검문 무인들이네. 무슨 용무라도 있으신가?"

홍천상이 어이없는 얼굴로 물었다.

청년에게서 느껴지는 공력이 기껏해야 이류를 간신히 넘어선 정도였기 때문이다.

그에 비해 자신이 데려온 수하들은 제검문에서도 정예에 속하는 이들로 대부분 일류에 근접한 실력을 가지고 있었다.

게다가 뒤에는 진운룡까지 버티고 있지 않은가.

청년의 정체가 무엇이든 가소롭기 그지없는 상황이었던 것이다.

씨익!

"후후, 무인이 맞군! 연주까지 가지도 않고 무인들을 만나다니 운이 따라 주는군."

청년의 입꼬리가 위로 말려 올라갔다.

"난 적산이라 한다! 너희들 중 누가 제일 강한가!"

홍천상이 당혹스러운 얼굴로 스스로 적산이라 밝힌 청년을 바라봤다.

갑자기 길을 막고선 다짜고짜 누가 제일 강하냐니, 도대체 적산이 무슨 의도를 가지고 있는지 짐작이 가지 않았다.

"영감이 가장 강한 자인가? 좋아! 그렇다면 검을 들어라! 무인 대 무인으로 승부를 겨뤄 보자!"

적산이 녹슨 검을 들어 올려 홍천상을 향해 겨눴다.

홍천상이 허탈한 표정을 지었다.

그제야 청년의 의도를 알아차린 것이다.

아무래도 자신의 실력을 확인하기 위해 비무행을 나선 모양이다.

하지만 얼핏 자세만 봐도 적산은 제대로 무공을 익힌 자가 아니었다.

홍천상을 향해 거눈 검은 이리저리 흐느적거리고 있었고, 파락호들처럼 건들거리는 걸음걸이 역시 보법하고는 거리가 멀었다.

한 마디로 상대할 가치도 없는 철없는 애송이인 것이다.

임덕화와 제검문 무사들 역시 킥킥대며 적산을 비웃었다.

"쯧쯧, 당신 같이 정신 나간 자가 또 하나 있네요."

소은설이 혀를 차며 진운룡에게 말했다.

"글쎄……."

그러나 의외로 진운룡은 다른 이들과 다르게 흥미로운 얼굴로 적산을 바라봤다.

"용기는 가상하나, 그대 같은 자를 상대할 만큼 우리는 한가하지 않으니 썩 비켜서게. 계속 객기를 부리면 나도 더는 좌시하지 않을 걸세!"

그때, 홍천상이 적산을 향해 엄중하게 경고했다.

그럼에도 불구하고 적산의 입가에선 미소가 사라지지 않았다.

"잔소리는 그만하고 덤벼!"

일행을 한 번 주욱 훑어본 적산이 홍천상을 향해 검을 까닥거리며 말했다.

"허어, 어리석은……."

이대로 적산의 도발에 응하자니 어른이 칭얼대는 아이와 드잡이질을 하는 것과 같은 모습인지라 홍천상으로서는 그야말로 이러지도 저리지도 못하는 난감한 상황이었다.

"부대주. 제 주제를 알게 해 주는 것이 오히려 저자에게는 앞으로 목숨을 건사할 수 있도록 도움을 주는 것이 아니겠소? 시간 끌 거 없이 대원들 중 아무나 내보내 무림이라는 곳이 제 놈이 함부로 건방을 떨 수 없는 곳임을 보여 주시오."

짜증이 섞인 목소리로 임덕화가 말했다.

"알겠습니다, 공자님. 오진, 네가 나가서 상대해 주거라. 아직 강호 경험이 일천한 자 같으니, 사정을 좀 봐주도록 하고."

홍천상도 더는 적산의 도발을 간과할 수 없다 여겼는지 수하에게 명을 내려 적산을 상대하게 했다.

명을 받은 오진이 조소를 흘리며 앞으로 나섰다.

"혹시 다칠 수도 있으니, 검집 채로 상대해 주마."

오진이 여유롭게 검을 들어 올렸다.

검집을 벗기지 않은 채였다.

그러자 적산 역시 검집 채로 검을 겨눴다.

"크크크, 그럼 나도 검집 채로 상대해 주지. 너한테서는 전혀 강한 느낌이 나지 않거든."

오진의 눈썹이 꿈틀했다.

그야말로 가소롭기 그지없는 자가 아닌가.

그는 최소한 팔 하나는 부러뜨려 쓴맛을 보여 줘야겠다고 생각했다.

"이놈!"

땅을 박차 단번에 거리를 좁힌 오진이 그대로 적산의 관자놀이를 향해 검을 휘둘렀다.

쉬이익!

빠르면서도 간결한 움직임.

일체의 꾸밈을 배재한 정직한 공격이었다.

"흥!"

코웃음을 친 적산이 자신의 녹슨 검을 들어 막았다.

따악!

검집과 검집이 부딪히며 둔탁한 소리가 났다.

"읏!"

동시에 적산이 튕겨 나듯 뒤로 한 걸음 밀려났다.

공력의 차를 이겨 내지 못한 것이다.

지켜보던 제검문 무사들이 혀를 찼다.

생각했던 대로 실력이 일천한 애송에 불과했던 것이다.

"후후, 힘이 센데?"

적산이 눈을 빛내며 말했다.

오진은 어이가 없었다.

검을 부딪혀 본 결과 적산의 공력은 형편없었다.

한데, 무슨 배짱인지 위축되기는커녕 오히려 더욱 기세등등한 모습을 보이고 있었다.

"흥! 공력도 일천한 놈이 주제도 모르고 날뛰는구나! 내 오늘 네놈에게 따끔한 맛을 보여 주마!"

검에 공력을 잔뜩 불어넣은 오진이 몸을 낮춘 채 적산의 허리를 길게 베어 갔다.

이전과는 비교할 수 없는 강력한 공격이었다.

쉬이이익!

검에 대기가 갈라져 나가며 파공음이 터져 나왔다.

적산은 다시 한 번 검을 들어 올려 오진의 검을 막으려 했다. 오진의 입가에 조소가 어렸다.

'한 번 당하고도 또 내 검을 정면으로 막으려 하다니, 어리석은 놈!'

홍천상과 제검문 무사들도 혀를 차며 적산을 비웃었다.

모두가 곧 오진의 검에 맞은 적산이 쓰러져 땅바닥에 뒹굴게 되리라 여겼다.

그때였다.

오진의 검이 적산의 검과 맞부딪히는 순간, 적산이 손목을 살짝 틀었다.

동시에 적산의 검이 비스듬히 틀어지며 허리를 향해 오는 검의 검면을 쳤다. 별로 빠르지 않은 움직임이었으나 그야말로 시의적절한 순간에 펼쳐진 일 초였다.

퉁!

아까와는 달리 가벼운 타격음 들리며 허리를 향해 베어 오던 검의 방향이 아래로 틀어졌다.

쉬이익!

방향이 틀어진 검이 아슬아슬하게 적산의 옷깃을 스치고 지나갔다.

"엇!"

검이 비껴 나가면서 오진이 자신의 힘을 이기지 못하고 옆구리에 빈틈을 드러냈다.

순간, 자세를 낮춘 적산이 그대로 오른쪽 어깨를 밀어 넣었다.

퍼억!

둔중한 타격음과 함께 오진이 뒤로 주춤주춤 세 걸음이나 밀려 나갔다.

적산은 공격을 멈춘 채 이를 드러내며 웃고 있었다.

"이런!"

오진은 믿을 수 없다는 듯 자신의 옆구리와 적산을 번갈아 가며 바라봤다.

일격을 허용한 것도 놀랍지만, 적산이 자신의 검을 튕겨 냈다는 사실이 도저히 믿어지지 않았다.

제검문 무사들 역시 의외의 상황에 모두 꿀 먹은 벙어리가 되었다.

그들이 보기에 분명 적산의 움직임은 눈에 훤히 보일 만큼 느렸고, 공력 또한 미약했다.

움직임 자체도 초식이라든지 보법하고는 거리가 먼 마구잡이였다.

한데, 배는 빠르고 공력 또한 비교도 안 되는 오진의 검을 튕겨 내고 오히려 옆구리에 일격을 날린 것이다.

제검문 무사들의 눈에는 마치 오진이 혼자 달려들다 스스로 적산의 어깨에 옆구리를 부딪친 것처럼 보였다.

"오진이 너무 방심했군그래."

"하기야 상대가 상대 같아야 제대로 싸울 맛이 나지."

무사들이 고개를 절레절레 흔들며 싱거운 웃음을 지었다.

홍천상 역시 놀란 눈으로 적산을 바라보고 있었다.

'놀랍군. 그야말로 군더더기가 하나도 없는 움직임, 거기다 상대의 힘을 역으로 이용하다니……. 단순한 운인가 아니면…….'

홍천상은 두 사람의 대결을 좀 더 지켜보기로 했다.

한편, 오진 역시 이번 일이 자신이 방심한 탓이라 여겼다.

초식도 제대로 펼치지 못하는 애송이에게 당하다니 망신도 이만저만이 아니었다.

"흥! 지금부터 제대로 상대해 주마."

얼굴이 잔뜩 상기된 오진이 검집에서 검을 뽑아냈다.

"후후. 바라던 바다."

"놈!"

공력을 잔뜩 끌어 올린 오진이 비호처럼 몸을 날렸다.

처음보다 배는 빠른 움직임이었다.

더는 적산을 경시하지 않고 전력을 다하기로 마음먹은 것이다.

쉬이익!

파공음과 함께 오진의 검이 분열하며 적산의 목과 심장을 동시에 노렸다.

"분검(分劍)! 허…… 그동안 성취가 있었구나."

홍천상이 탄성을 터뜨렸다.

분검은 제검문의 비전신공인 분광검(分光劍)에 입문하기 위한 가장 기본이 되는 기술이었다.

분광검을 배울 수 있다는 것은 곧 제검문의 중추가 될 수 있다는 것과 같다.

홍천상은 아직 젊은 나이에 벌써 분검을 펼치는 수준에 오른 오진을 기특하게 바라봤다.

하지만 다음 순간 그의 표정은 다시 굳어 버렸다.

적산이 마치 바람에 흔들리는 버들가지처럼 몸을 뒤로 젖히자 한 치도 안 되는 차이로 오진의 검이 허공을 찔렀기 때문이다.

"이얍!"

오진이 이를 악문 채 다시 한 발 전진하며 검을 더 밀어 넣었다.

스읏!

하지만 이번에도 검은 아슬아슬하게 적산의 몸을 비껴 나갔다. 적산이 철판교의 수법을 펼치듯 허리를 뒤로 젖혀 땅과 거의 수평이 되게 누워 버렸기 때문이다.

오진은 당황하지 않고 그대로 검을 내려쳤다.

그의 눈은 승리에 대한 확신으로 빛나고 있었다.

몸을 누인 상태에서 적산이 자신의 검을 피해 낼 수 있을 리가 없었다.

파악!

그러나 그의 뜻과 달리 검은 흙바닥을 때리고 말았다.

놀랍게도 적산이 그 상태에서 몸을 옆으로 틀며 검을 피해 낸 것이다.

그것도 나려타곤(懶驢打滾)으로 바닥을 구른 것도 아니고, 바닥과 몸이 닿지 않은 상태에서 급격히 뒤틀어 피했다.

자신의 공격이 계속 실패로 돌아가자 오진은 조바심이 일었다. 동료들의 비웃음 소리가 들려오는 것만 같았다.

"이놈! 어디까지 피할 수 있는지 보자!"

흥분한 오진이 쉴 새 없이 검을 휘둘렀다.

쉬익! 쉬이익!

한 수 한 수가 모두 치명적인 매서운 검격이 이어졌다.

하지만 적산은 계속해서 간발의 차이로 오진의 검을 피해냈다.

제검문 무사들이 웅성대기 시작했다.

홍천상의 얼굴도 이젠 딱딱하게 굳어 있었다.

"저 적산이란 녀석 당신처럼 건방지기는 해도 운은 제법 좋은 모양인데요?"

소은설이 흥미로운 눈빛으로 말했다.

"과연 운일까?"

진운룡이 의미심장한 미소를 지으며 적산을 바라봤다.

"운이 아니면 설마 저자가 진짜 고수라는 말이에요?"

놀란 소은설이 물었다.

"아니, 분명 실력은 형편없지. 하지만 재능을 타고났군."

"재능이라구요?"

소은설이 영문을 모르겠다는 듯 진운룡을 바라봤다.

진운룡은 소은설의 물음을 무시한 채 묵묵히 적산의 모습을 지켜봤다.

*　　　*　　　*

한편, 오진은 이제 상대가 보통이 아니라는 사실을 인정할 수밖에 없었다.

처음엔 우연이라 생각했으나, 이미 이십여 수가 넘어간 상태에도 오진의 검은 처음과 같이 허공만 가르고 있었다.

게다가 어쩐지 적산의 움직임은 점점 더 빠르면서 부드러워지고 있었다.

"후후, 넌 너무 약하군. 재미가 없어."

그때, 피하기만 하던 적산이 갑자기 오진을 향해 달려들었다.

"엇!"

오진의 검이 앞으로 찔러 들어가던 상황이어서 이대로라면 적산의 목이 검에 꿰뚫릴 것이었다.

아무리 오진이 흥분한 상태였지만 상대의 목숨까지 빼앗을 마음은 없었다.

하지만 검을 거두기에는 너무 늦은 상태였다.

"이런!"

오진의 얼굴이 일그러지고, 검이 적산의 목을 꿰뚫는다 싶은 순간 적산의 신형이 갑자기 밑으로 쑥 꺼졌다.

"헉!"

목표를 잃은 검이 허공을 찌르며 오진의 상체가 무방비로 드러났다.

퍼억!

적산의 검이 검집 채로 오진의 명치를 찍었다.

"컥!"

급소를 맞은 오진의 허리가 굽혀지는 순간, 온몸의 체중을 실은 적산의 몸통 박치기가 꽂혔다.

콰앙!

"크악!"

화탄이 터져 나가는 듯한 굉음과 함께 오진이 뒤로 튕겨 나갔다.

이 장 가까이 날아가 바닥에 떨어진 오진은 의식을 잃었는지 움직임이 없었다.

"역시 약해."

적산이 손을 툭툭 털며 몸을 일으켰다.

충격적인 결과에 제검문 무사들은 찬물을 끼얹은 듯 조용했다.

"어디보자 누가 제일 강할까? 역시 영감인가?"

적산이 다시 한 번 일행을 살폈다.

"아니야……. 영감도 명을 받는 거 같으니, 저 도련님인가?"

적산의 시선이 자신에게로 향하자 임덕화가 움찔했다.

"저놈이!"

자신의 실책을 깨달은 임덕화가 발끈했다.

"첫, 영감보다 약하군."

하지만 적산은 곧 임덕화에게 흥미를 잃었는지 다른 이들에게로 시선을 돌렸다.

한 바퀴 돌던 그의 시선이 진운룡에게서 멈췄다.

씨익!

적산의 입가에 짙은 미소가 걸렸다.

"바로 당신이군!"

순간, 적산의 신형이 섬전처럼 앞으로 쏘아져 나갔다.

그간 보여 줬던 것과는 전혀 다른 움직임이었다.

"뭐, 뭐냐!"

적산이 갑자기 자신들을 향해 돌진하자 놀란 무사들이 검을 휘둘렀다.

타닥!

하지만 적산은 오히려 검을 차고 훌쩍 허공으로 뛰어 올랐다.

마치 한 마리 나비와 같이 가벼운 몸놀림이었다.

텅! 텅!

검을 차고 날아오른 적산은 무사들의 어깨를 타고 단 두 번의 도약으로 진운룡에게 다다를 수 있었다.

“호오.”

진운룡이 제법이라는 듯 탄성을 토해 냈다.

아무런 기세를 흘리지 않았음에도 자신이 강한 것을 알아차린 것이 신기했던 것이다.

아마도 타고난 본능을 통해 강자를 느낄 수 있는 것일지도 몰랐다.

급박한 상황임에도 불구하고 진운룡의 얼굴에는 일말의 긴장도 느껴지지 않았다.

그때, 진운룡 앞에 이른 적산이 주저하지 않고 검을 뽑아 그대로 내려쳤다.

그의 눈은 마치 야수처럼 빛나고 있었다.

쉬아악!

검집을 벗어난 검이 벼락처럼 대기를 가르며 진운룡의 머리로 떨어져 내렸다.

터억!

하지만 무섭게 떨어져 내리던 검이 마치 벽에라도 막힌

듯 진운룡 머리에서 한 치 정도 거리에 정지해 버렸다.

놀랍게도 적산의 검은 어느새 진운룡의 검지와 중지 사이에 끼여 있었던 것이다.

"너무 가볍군."

진운룡이 무덤덤하게 말했다.

진운룡의 놀라운 신위에 여기저기서 탄성이 흘러나왔다.

적산이 아무리 힘을 줘 봐도 검은 진운룡의 손가락 사이에서 꿈적도 하지 않았다.

하지만 적산은 전혀 위축되지 않고 그대로 진운룡의 옆구리를 향해 전광석화 같은 발길질을 날렸다.

타타타탁!

진운룡은 한쪽 다리만으로 적산의 연속되는 발길질을 여유 있게 막아 냈다.

"크하하하! 역시 대단해! 당신은 진짜야!"

적산이 흥분된 목소리로 광소를 터뜨렸다.

파파파팍!

다시 한 번 발길질을 날린 적산이 풀쩍 뛰어 뒤로 물러났다.

"후후후, 이거 피가 끓어오르는데?"

적산이 두 눈이 이글이글 불타올랐다.

"뭐, 뭐야 저 사람!"

소은설이 놀란 얼굴로 소리쳤다.

갑자기 다짜고짜 진운룡에게 달려들다니 옆에 있던 그녀로서는 심장을 쓸어내릴 수밖에 없는 상황이었다.

주변에 있던 제검문 무사들 역시 당혹스러운 표정으로 적산을 노려봤다.

"재능은 타고났는데, 기본이 너무 없어. 게다가 공력은 무시할 정도, 성격은 동네 파락호 수준이야. 이래서야 얼마 안 가 개죽음 당하기 십상이군."

진운룡이 시큰둥한 얼굴로 말했다.

적산의 눈썹이 꿈틀했다.

"개죽음이라! 그것도 좋겠지! 강자와 겨루다 죽을 수 있다면 까짓 개죽음 따위야 어떻단 말인가!"

적산이 이를 드러낸 채 다시 진운룡에게 달려들었다.

"이제 흥미가 떨어졌으니, 그만 끝내야겠군."

쩌어엉!

퍼억!

진운룡이 손가락을 들어 올리자 적산의 검이 산산조각으로 터져 나갔다.

지풍을 날려 적산의 검을 부순 것이다.

하지만 적산은 포기하지 않고 그대로 진운룡을 향해 몸통박치기를 날렸다.

후우우웅!

순간, 진운룡을 중심으로 묵직한 기파가 퍼져 나갔다.

콰아아앙!

폭음이 터지며 적산의 신형이 달려들던 속도보다 배는 빠르게 뒤로 튕겨져 날아갔다.

쿠쿵!

“커억!”

흙바닥에 처박힌 적산이 신음을 토해 냈다.

“쯧, 덤빌 사람한테 덤벼야지. 광오하기가 자기보다 열 배는 더 되는 사람인데…….”

소은설이 안쓰러운 얼굴로 적산을 바라봤다.

적산은 그 와중에도 몸을 가누려 애쓰고 있었다.

“크크크크, 다, 당신은 정말 강해! 맘에 들어! 쿨럭!”

피를 토해 내면서도 뭐가 그리 즐거운지 적산이 웃음을 멈추지 않았다.

“크크큭, 결정했어! 이제 당신이 나의 목표야! 반드시 당신을 내 손으로 꺾고 말겠어! 크하하하!”

모두가 어이없다는 얼굴로 적산을 바라봤다.

*　　　*　　　*

진운룡과 소은설은 제검문에서 하룻밤을 묵은 후 바로 제남을 향해 출발했다.

두 사람은 자꾸 따라나서겠다고 우기는 임설향을 떼어 놓느라 제법 진땀을 뺐다.

제검문에서는 두 사람을 은인으로 대접했다.

그도 당연한 것이 이번 사건을 해결함으로 인해 제검문은 상당한 이득을 얻을 수 있었기 때문이다.

산동 무림에서의 위상이 전보다 높아질 것이 분명했고, 이번 조사단을 지휘한 후계자 임덕화의 입지 역시 덩달아 탄탄해질 것이다.

무림맹에서도 분명 임무를 성공적으로 수행한 데 대한 보상이 있을 것이었다.

이 모든 게 결국 진운룡과 소은설의 덕이었다.

게다가 진운룡은 상상을 초월하는 고수.

무림에서는 힘이 곧 권력이다.

한데, 멍청하게도 임덕화가 좋지 않은 인상을 잔뜩 심어준 상태이니 문주인 임혁태는 임덕화의 실수를 만회하기 위해 손이 발이 되도록 진운룡과 소은설의 비유를 맞추느라 애썼다.

하여튼 제검문의 호의로 인해 두 사람은 편히 하룻밤을 보낼 수 있었다.

문주 임혁태가 챙겨 준 상당한 액수의 여비까지 받아 나온 소은설의 얼굴 표정은 무척이나 즐거워 보였다.

"그런데 당신은 왜 자꾸 따라오는 거예요?"

문득, 소은설이 뒤쪽을 보며 소리쳤다.

그들과 열 걸음 정도 떨어진 거리에 적산이 따라오고 있었던 것이다.

목욕을 하고 새 옷으로 갈아입은 적산의 모습은 과연 어제의 그 광인이 맞나 할 정도로 바뀌어 있었다.

나이는 이십대 초반 정도로 보였는데, 제법 사내다운 얼굴에 호리호리한 눈매가 상당히 호감이 가는 외모였다.

"나는 목표를 따라가는 것뿐이야. 저자를 내 손으로 꺾기로 마음먹은 이상 절대 놓칠 순 없지."

적산이 능청스러운 얼굴로 말했다.

"허……."

소은설이 어이없다는 듯 적산을 바라봤다.

"제발 저 인간 좀 어떻게 좀 해 봐요! 뒤통수가 근질거려서 미치겠어요!"

소은설이 진운룡에게 하소연했다.

하지만 진운룡은 피식 웃기만 할 뿐 아무런 조처도 취하지 않았다.

"저러다 제남까지 따라오면 어떡해요? 저자가 아버지 찾는 일을 망칠지도 모른다구요!"

소은설이 목소리를 높였지만, 여전히 진운룡은 묵묵부답이었다.

"걱정 마, 아가씨. 네 아버지 찾는 일은 절대 방해하지 않을 테니. 후후."

적산이 친근한 표정으로 손까지 흔들며 말했다.

"어휴!"

울화가 터지는지 소은설이 한숨을 토해 냈다.

결국 이렇게 세 사람의 기묘한 동행이 시작되었다.

6장
황보세가

연주를 떠난 지 사흘이 지나 일행은 태산(泰山) 근처에 이르렀다.

이제 제남까지는 이틀이면 당도할 수 있는 거리였다.

오악 중 으뜸이라 일컫는 태산을 지나는 관도는 평상시에는 제법 오가는 사람이 많은 곳이었으나, 최근의 흉흉한 민심 때문인지 사람을 거의 찾아볼 수 없었다.

태산까지 오며 적산에 대해서도 어느 정도 이야기를 들을 수 있었다.

그는 놀랍게도 이제껏 혼자서 무공을 익혔다고 했다.

열 살 때 어떤 사건을 계기로 가족을 모두 잃고 홀로 남게 된 적산은 강해지기로 마음먹고 처음에는 무관이나 무림 문파들을 기웃거리며 무공을 배우려 했다고 한다.

하지만 돈도 없고 출신도 보잘것없는 적산을 받아 주는 곳은 아무 데도 없었다.

물론, 그들이 적산의 자질을 제대로 알아봤더라면 그렇게 홀대하지 못했을 것이지만, 적산이 돌아다닌 곳들은 대부분 끽해야 중소문파를 벗어나지 못한 곳들이었기에 안목 역시도 그리 높지 못했던 모양이었다.

하여간 결국 받아 주는 곳을 찾지 못한 적산은 우여곡절 끝에 어찌어찌 구한 무공서적— 삼재기공, 삼재검법이 적혀 있는 서적이었다 한다. 그것도 정식 삼재검과는 거리가 먼 단순화된 삼재검—을 가지고 산으로 들어가 독학으로 무공을 익힌 것이다.

그러고 보면 확실히 적산의 재능은 대단한 것이었다.

시중에 흔하게 돌아다니는 삼재공 비급을 가지고 혼자 무공을 익혀 제검문 무사들을 제압할 수 있는 자가 과연 몇이나 되겠는가.

적산은 이곳까지 오면서도 수시로 진운룡에게 덤벼들었다가 나가떨어지기를 반복했다.

심지어는 새벽에도 갑자기 덮쳐 왔다.

하지만 아무리 용을 써도 결국 진운룡의 옷깃조차 건들지 못하자 얼마 전부터 전략을 바꿨다.

무공을 가르쳐 달라고 진운룡에게 달라붙기 시작한 것이다.

자신이 익힌 무공이 일반 백성들 체력단련에나 사용하는 조악한 것임을 알고는 더욱 진운룡을 귀찮게 했다.

"이봐, 이거 너무 불공평하잖아. 내가 만일 심법만 제대로 익혔다면 당신에게 이렇듯 형편없이 당하진 않았을걸? 사내라면 동등한 싸움을 해야지. 나에게도 공력을 키울 방법을 알려 달라고."

완전한 억지였으나 진운룡은 가타부타 아무런 반응도 보이지 않았다.

마치 벽에다 대고 이야기하는 것 같았지만 적산은 포기하지 않았다.

"아우, 진짜 시끄럽네! 근데, 어젯밤에는 대체 어디를 갔다 온 거예요?"

적산을 흘겨보던 소은설이 문득 생각난 듯 진운룡에게 물었다.

새벽에 갑자기 진운룡이 아무 말도 없이 사라졌다 나타난 것이다.

"왜 약속했던 대가를 받으러 갈까 봐 기다렸나?"

"무, 무슨!"

소은설이 벌게진 얼굴로 고개를 홱하니 돌렸다.

"그, 그런데 정말 어디를 갔다 온 거예요?"

소은설이 궁금함을 못 참고 슬쩍 고개를 돌려 다시 물었다.

"사냥."

진운룡이 담담한 표정으로 말했다.

"허……. 오밤중에 웬 사냥? 게다가 사냥을 했다면서 잡은 짐승 고기는 어디 있는 거죠?"

"고기는 필요 없거든."

대체 뭔 소리냐는 얼굴로 소은설이 눈살을 찌푸렸다.

"나도 입이거든요? 만날 육포만 먹는 거 질렸다구요! 치사하게 혼자 먹지 말고 동료애 좀 발휘하시죠?!"

"별로 먹고 싶지 않을 텐데?"

진운룡이 씨익 웃으며 말했다.

"아니……."

눈썹을 추켜올린 소은설이 막 뭐라고 한 마디 하려 할 때였다.

채챙! 챙!

일행의 앞쪽에서 갑자기 무기가 부딪히는 소리가 들려왔다.

"어라? 무슨 일일까요?"

소은설의 시선이 소리가 들려오는 곳을 향했다.

"이거 싸움이 났나 본데? 그렇다면 내가 빠질 수 없지!"

뒤쪽에서 따라오던 적산이 어느새 휭 하니 몸을 날려 앞으로 내달렸다.

"저 싸움귀신은 참 일관성이 있네."

소은설이 못 말리겠다는 얼굴로 적산의 뒷모습을 바라봤다.

몇 걸음 가지 않아 두 사람의 시야에도 현장의 모습이 들어왔다.

적수공권(赤手空拳)의 청년 두 명과, 검을 든 소녀 하나가 스무 명이 넘는 무리에게 둘러싸여 있었다.

세 젊은이들을 둘러싼 이들은 허름한 복장과 추레한 몰골을 보아 아무래도 무인이 아닌 일반 백성들로 보였다.

그에 반해 청년들과 소녀는 척 보기에도 제대로 무공을 익힌 듯 자세가 안정되어 있었다.

"아무래도 관군을 피해 도망친 민란 가담자들 같네요."

소은설이 눈살을 찌푸렸다.

최근 백성들이 폭정과 배고픔을 견디다 못해 난을 일으키는 일이 빈번했다.

하지만 대부분의 민란은 관군에 의해 진압되기 마련이었다.

관군의 토벌을 피해 뿔뿔이 흩어진 가담자들이 택할 수 있는 길은 많지 않았다.

다시 집으로 돌아간다 해도 역적으로 잡혀 참수될 것이 분명했고, 그렇다고 다른 도시로 도망치기엔 도처에 깔린 검문을 통과하기가 만만치 않았다.

결국 대부분의 가담자들은 산속으로 깊숙이 들어가 숨어 버리든가, 아니면 산적이 되곤 했다.

아마도 저들 역시 살기 위해 결국 산적질을 택한 듯했다.

"일반 백성이 무공을 익히고 있다?"

진운룡이 흥미로운 눈으로 두 무리의 싸움을 바라봤다.

모두 스물세 명의 무리가 마치 진을 짠 듯 조직적으로 움직이며 세 젊은이를 압박하고 있었다.

게다가 그들 모두 무공을 사용하고 있었다.

"정말 이상하군요. 저 여인과 청년들이 입은 옷을 보니 황보세가 사람들이 틀림없거든요. 한데 어찌 평범한 백성들이 저토록 몰아붙일 수 있을까요?"

제남에 위치한 황보세가는 산동의 패자이자 강호 오대세가에 꼽힐 정도로 무림에서 그 위치가 단단했다.

그만큼 세가 구성원들 역시 이름에 걸맞은 무공 실력을 가지고 있었다.

수가 아무리 많다 해도 평범한 백성들에게 밀리고 있다는 것은 있을 수 없는 일이었다.

"평범한 백성들이 아닌 모양이지."

진운룡의 말에 소은설이 눈을 멀뚱거렸다.

"누가 나쁜 놈이냐!"

그때, 먼저 현장에 도착한 적산이 자신의 존재감을 확실히 드러냈다.

갑작스런 적산의 등장에 싸움이 멈췄다.

양측의 시선이 적산에게로 향했다.

그리고 멀리 떨어져 있던 진운룡과 소은설도 그들의 시야에 잡혔다.

"저놈들도 잡아라! 어차피 관군이나 무림인이나 제 놈들 뱃속 불리기에만 신경 쓰는 놈들이다!"

무리 중 수장인 듯한 자가 적산과 진운룡 일행에 손가락질을 하며 소리쳤다.

동시에 황보세가 젊은이들을 상대하던 무리들 중 열 명이 진운룡 일행을 향해 달려왔다.

"후후, 좋아! 걸어 오는 싸움은 마다하지 않는 것이 나의 좌우명!"

적산이 신이 나서 마주 달려갔다.

다섯 명이 적산을 둘러싼 채 진을 형성했고, 나머지 다섯은 진운룡과 소은설을 향해 돌진했다.

그들이 볼 때는 진운룡이나 소은설보다 적산이 더 강해 보였던 모양이다.

소은설이야 워낙에 무공이 일천했고, 진운룡에게서는 아무런 기운도 느껴지지 않은 탓이리라.

열 명이 진운룡 일행에게 빠져나간 탓에 황보세가 일행은 한결 편안하게 나머지 무리들을 상대할 수 있었다.

비록 무리의 수장인 듯한 자의 무공이 상당히 높아 쉽게 우위를 점하지는 못했으나, 이제 더는 밀리지 않고 있었다.

적산은 곧바로 자신을 포위한 다섯 사내와 맞부딪혔다.

다섯 사내가 번갈아 가며 적산을 공격했으나, 적산은 요리조리 움직이며 그들의 공격을 용케 피해 냈다.

그렇다고 적산이 그들에게 우위를 점한 것도 아니었다.

한 명 한 명은 무공이 그다지 뛰어나지 않았으나, 문제는 그들이 사용하는 진(陣)이었다.

풍차처럼 돌아가면서 연달아 쏟아 내는 공격은 물론, 한 사람이 공격을 받으면 다른 네 명이 적산을 공격하는 통에 쉽게 틈을 찾기가 어려웠기 때문이다.

한편, 나머지 다섯 사내는 여유로운 모습으로 진운룡과 소은설을 포위했다.

"당장 가진 것을 다 내어놓고 무릎을 꿇으면 목숨만은 살려 주마! 물론 계집은 좀 더 봉사를 해야 하겠지만. 크크크!"

도를 손에든 외눈 사내의 말에 다섯 사내가 음침한 웃음을 흘렸다.

얼굴이 붉게 상기된 소은설의 눈꼬리가 위로 치켜 올라갔다.

"이런 개 버러지 같은!"

그들의 딱한 사정에 안쓰러웠던 마음이 단숨에 사라져 버렸다.

이미 민란을 일으켰던 초심은 사라지고 한낱 도적으로 전락해 버린 자들이었다. 일말의 동정심도 가질 필요가 없는 것이다.

"호오! 고년 성깔이 제법이구나? 일단 사내놈부터 죽이고 나서 네년을 맛보도록 할 테니 너무 보채지 말거라. 크크크!"

외눈 사내가 턱짓을 하자 다섯 사내가 한꺼번에 진운룡을 향해 달려들었다.

"이 아이는 안타깝게도 이미 내가 먼저 맛보기로 선약이 되어 있는데 말이지……."

"무, 무슨 소리예요!"

진운룡이 곤란하다는 투로 말하자, 소은설이 홍당무처럼 빨개진 얼굴로 빽 하고 소리쳤다.

피식.

차갑게 웃은 진운룡이 공력을 끌어 올렸다.

우우우우웅!

"헉!"

"흐억!"

순간, 진운룡을 향해 돌진하던 다섯 사내가 마치 시간이 멈춘 듯 그 자리에 석상처럼 굳어 버렸다.

"이, 이게 무슨……."

다섯 사내는 갑작스런 상황에 너무 놀라 입을 벌린 채 말을 잇지 못했다.

우우우우웅!

으드득!

곧이어 대기가 진동하며 그들의 몸에 엄청난 압력이 가해지더니, 뼈가 뒤틀리기 시작했다.

"커헉!"

"아악!"

"사, 살려 줘……."

고통과 공포가 순식간에 그들의 머릿속을 하얗게 만들었다.

"흥! 사람을 봐 가면서 건드려야지. 하늘 무서운 줄 모르고 날뛰더니 꼴좋다!"

어느새 좀 전의 부끄러움을 잊은 소은설이 통쾌한 듯 소리쳤다.

번쩍!

그와 동시에 진운룡의 두 눈에서 섬광이 번뜩이자 다섯 사내가 입에서 피를 뿜으며 뒤로 튕겨져 날아갔다.

"커헉!"

"아악!"

갑작스런 비명 소리에 장내의 싸움이 모두 멈췄다.

"크하하하! 역시 내 목표다운 멋진 실력이야!"

적산이 즐거운 듯 광소를 터뜨렸다.

"젠장! 고수가 있었군! 모두 후퇴하라!"

진운룡이 자신들이 상대할 수 없는 초극의 고수임을 눈치챈 우두머리가 조금의 망설임도 없이 바로 후퇴 명령을 내렸다.

남은 무리들이 우두머리의 명을 따라 재빨리 사방으로 흩어져 달아났다.

그들은 마치 잘 조직된 군인들처럼 일사불란하게 움직였다.

"어딜!"

적산과 황보세가 일행이 달아나는 무리의 뒤를 쳤다.

"크악!"

"아악!"

진을 이루지 않은 이상 개개인의 무공은 그리 높지 않은 자들이라 순식간에 다섯 명이 바닥에 쓰러졌다.

하지만, 그동안 나머지 무리들은 숲 속으로 달아날 수 있었다.

"그만! 더 쫓을 필요는 없어요!"

소녀가 숲으로 들어가려던 두 청년을 말렸다.

"감히 황보세가를 건드린 놈들을 그냥 놓아주잔 말이냐?"

청년 중 우락부락하게 생긴 거구의 사내가 눈썹을 추켜올리며 말했다.

"오라버니, 어차피 사방으로 흩어져서 쫓아 봐야 한두 명 더 잡을 수 있을 뿐이에요. 게다가 혹시라도 그자들이 전부가 아닐 경우도 생각해야 해요. 자칫 역으로 공격당할 수도 있어요."

"형님, 인화의 이야기가 옳습니다. 분하긴 하지만, 일단 추격은 멈추고 나중에 가문의 무사들을 데리고 토벌을 하는 편이 나을 것 같습니다."

이마가 넓고 두꺼운 눈썹을 가진 청년이 소녀의 의견에

동의하자 거구의 청년도 더 이상 고집을 피우지 않았다.

"젠장! 어서 돌아가 놈들을 잡을 추격대를 꾸리자."

"그러지요. 참, 덕분에 위기를 넘겼습니다. 저희는 황보세가 사람들로 저는 황보영관이라 하고, 이쪽의 제 형님 되시는 황보영호라 하고, 이쪽은……."

"황보인화라 합니다. 두 분은 저의 오라버니 되십니다. 다시 한 번 감사드립니다."

"황보영호라 하오. 도움을 주셔서 감사하오!"

세 사람이 진운룡 일행에게 고개를 숙여 감사 인사를 했다.

특히 황보인화는 눈을 빛내며 연신 진운룡을 힐끔거렸다.

진운룡의 조각 같은 외모도 외모였지만, 그의 뛰어난 무공 실력이 워낙 인상 깊었기 때문이다.

무가의 여식, 그것도 전통적으로 호전적이고 힘을 숭상하는 황보세가에 소속된 그녀이다 보니 강한 사내에게 끌리는 것은 당연한 이치였다.

반면 비슷한 이유로 황보영호와 황보영관의 눈에는 경외심이 가득했다.

"진운룡이오."

"적산이오!"

자칫 건방져 보일 수도 있는 두 사람의 단순명료한 소개에 소은설이 멋쩍은 웃음을 지었다.

"하, 하오문의 소은설이라 합니다. 이 두 사람은 원래가 이렇게 생겨 먹은 이들이니 이해해 주세요."

"그……. 하오문이면……."

황보영호가 얼굴을 붉히며 소은설의 눈치를 봤다.

보통 하오문에 소속된 여인들은 기녀인 경우가 대부분이었기 때문이다.

황보영호의 표정을 눈치챈 소은설이 급히 손을 내저었다.

"아, 저, 저는 기녀가 아니라 도둑이에요, 도둑! 호호호!"

순간 정적이 흘렀다.

황보세가의 세 사람이 어색한 얼굴로 식은땀을 흘렸고, 진운룡과 적산은 그게 자랑이냐는 듯 소은설을 흘겨봤다.

그제야 자신의 실책을 깨달은 소은설이 급히 상황을 수습했다.

"도둑이, 그러니까 절대 그런 나쁜 도둑이 아니라, 탐관오리나 부자들의 돈을 털어 가난한 백성들에게 나눠 주는 의적! 의적이에요! 하하하하!"

애써 아무렇지도 않은 듯 크게 웃는 소은설의 입가가 파르르 떨렸다.

"아하! 소 낭자는 의적이시군요. 가난한 이들을 위해 좋은 일을 하시니 복 받으실 거예요. 그건 그렇고 이렇게 도움을 받았으니 저희 세가로 모셔서 꼭 보답해 드리고 싶어요. 그렇죠? 오라버니들?"

황보인화가 얼른 나서서 어색한 상황을 무마했다.

"그럼, 그럼! 당연하지. 황보세가는 은혜를 입으면 반드시 몇 배로 갚는 것이 대대로 이어져 오는 전통이지!"

"인화의 말이 맞습니다. 당연히 세가로 모셔야지요. 암요, 크흠!"

두 형제는 옳다구나 하고 얼른 동생의 말에 맞장구를 쳤다.

화제가 옮겨지자 소은설은 속으로 안도의 한숨을 내쉬었다.

"가, 감사합니다. 어차피 저희도 제남으로 향하는 길이었으니, 잘되었네요. 호호호."

툭!

소은설이 진운룡의 옆구리를 툭 치며 눈치를 줬다.

"뭐, 귀찮긴 하지만, 나쁘진 않겠군."

심드렁한 표정으로 진운룡이 말했다.

소은설의 아버지를 찾는 데도 황보세가는 상당한 도움이 될 것이다.

진운룡 일행에게 도움을 받았으니, 도움을 요청하면 크게 무리가 되지 않는 한 외면하지는 못할 것이다.

"황보세가에는 강한 무인들이 많겠지? 이거 벌써 가슴이 뜨거워지는데? 후후후!"

적산은 잔뜩 흥분된 얼굴로 전의를 불태웠다.

"당신은 빠져요!"

소은설이 눈에 쌍심지를 켜며 적산을 노려봤다.

"내가 왜? 가장 먼저 도와준 사람이 난데? 오히려 빠지려면 아무것도 안 한 네가 빠져야지. 후후후."

"어휴, 속 터져!"

능글능글한 적산의 대답에 소은설이 고개를 획 돌리며 한숨을 내쉬었다.

이렇게 일행의 다음 목적지는 황보세가로 결정되었다.

*　　　　*　　　　*

제남은 산동 제일의 도시답게 상당한 규모를 자랑했다.

거리는 사람들로 넘쳐났고, 무인들의 모습도 어렵지 않게 발견할 수 있었다.

제남은 샘의 도시라고 불릴 정도로 도시 전체에 수많은 샘들이 군락을 형성하고 있었다.

예로부터 '집집마다 샘이 있고 버드나무 늘어진' 이라고 표현 될 정도로 경치가 수려하고 아름다웠다.

제남 시내에 도착한 일행은 일단 식사를 해결한 후 황보세가로 향하기로 했다.

황보영호는 일행을 천미각(天味閣)이라는 주루 겸 식당으로 이끌었다.

천미각은 제녕의 수많은 샘물들이 모여서 만들어진 호수인 대명호 변에 위치하고 있었다.

삼백 평은 족히 넘을 것 같은 큰 규모의 주루였는데, 위로도 오층이나 건물을 올려 능히 천 명이 넘는 인원을 한꺼번에 수용할 수 있었다.

황보영호의 설명에 의하면 제남은 물론 산동에서도 가장 유명한 주루로 숙수만도 스무 명이 넘었으며 종업원의 수가 백 명이 넘어간다 했다.

소은설은 천미각의 어마어마한 규모와 화려함에 연신 감탄사를 터뜨렸다.

제녕 역시 경치가 수려하고 주루와 식당들이 많이 있었으나, 천미각과 같은 곳은 결코 찾아볼 수 없었기 때문이다.

일행은 가장 꼭대기 층인 오층으로 안내되었다.

황보세가의 이름값이 작용한 결과였다.

오층에서 바라보는 대명호의 경치는 모두의 피로를 날려버렸다.

그때였다.

갑자기 주루 바깥쪽이 소란스러워졌다.

진운룡과 소은설의 시선이 소리가 들리는 쪽으로 향했다.

대명호 우측 공터에 삼백 명 정도 되어 보이는 사람들이 모여서 도포 차림의 중년인의 말을 듣고 있었다.

"너희에게 하늘의 힘을 내려주실 분은 누구시냐!"

"천사시여!"

"너희에게 영생을 주실 분은 누구시냐!"

"천사시여!"

"너희를 무간지옥에서 구하시기 위해 이 세상에 강림하신 분이 누구시냐!"

"천사시여!"

"탐욕과 죄악으로 물든 세상을 응징하고 너희를 새로운 세상의 주인으로 만들어 주실 분이 누구시냐!"

"천사시여!"

사내가 큰 소리로 이야기할 때마다 사람들은 두 팔을 높이 들어 올린 채 '천사시여'를 합창했다. 개중에는 경련을 일으키거나 눈물을 흘리는 이들도 보였다.

진운룡과 소은설은 흥미로운 표정으로 그들의 모습을 지켜봤다.

잠시 눈을 감고 묵념을 올린 사내가 다시 입을 열었다.

"이 나라는 하늘의 뜻을 거역한 채 무능하고 어리석음을 자랑으로 아는 황제와 수염도 나지 않는 환관 무리의 횡포로 썩어 문드러지고 있다! 지역마다 탐관오리가 들끓고, 백성들은 굶어 죽거나 병들어 죽고 있다! 우리가 이 지옥과 같은 세상에서 구원을 얻고 영생에 이를 방법은 무엇인가? 그것은 오직 미륵의 현신이신 천사(天使)의 말씀을 받들고, 그것을 따르는 것뿐이니라!"

"천사시여!"

"천사시여!"

군중들은 마치 단체로 약에 취하기라도 한 듯 사내의 말에 전율하고 환희했다.

"무슨 사이비 종교인가 보네요?"

소은설이 궁금한 얼굴로 물었다.

"아! 천사교(天使教)라는 신흥 종교인데, 요즘 민간인들 사이에서 상당히 유행하고 있는 모양입니다."

황보영관의 말에 소은설이 눈을 동그랗게 떴다.

"천사교요? 오두미교(五斗米教)를 말씀하시는 건가요?"

오두미교는 후한 말에 장천사라는 자가 창시한 도교의 일파로 교주였던 장천사의 이름을 따 천사도(天師道)라고도 불리던 종교였다.

입도자에게 다섯 두의 쌀을 바치게 한 데서 오두미교라는 이름이 유례되었는데, 노자를 교조로 삼고 약간은 정치세력적인 색깔도 가지고 있어서 농민 봉기의 구심점이 되기도 했다.

"예전의 오두미교와는 전혀 다른 종교입니다. 오두미교는 노자를 받드는 도교였다면, 이자들은 도교와 불교를 혼합한 독특한 교리를 가지고 있지요. 스스로 미륵의 현신이라고 칭하는 자가 교주인데, 자신이 하늘의 사자이니 자신의 말을 따르는 자들은 구원을 받고 영생을 얻을 수 있다고 백성들을 선동하고 있습니다. 어찌 보면 그런 면에서는 오두미교와 비슷하기도 합니다."

"관리들의 횡포와 부유한 자들의 착취가 심해 일반 백성들은 죽어 나가는 일이 다반사이다 보니, 저런 종교가 그 틈을 파고든 것이지요."

황보인화가 씁쓸한 표정으로 말했다.

현 황제인 가정제는 사이비 도사들의 꾐에 빠져 정사를 돌보지 않고 연단(煉丹)과 양생(養生)에 심취해 있었다.

때문에 환관의 무리가 득세를 하고 조정을 쥐락펴락했다.

윗물이 맑지 못하니 당연히 그 밑도 어지러울 수밖에. 관리들은 관직을 사고팔았으며 그 재물을 만회하기 위해 백성들의 고혈을 쥐어짰다.

이를 참다못한 백성들은 도처에서 민란을 일으켰다.

나라가 어지럽고 혼란스러우니 천사교와 같이 혹세무민(惑世誣民)하는 종교들 또한 백성을 선동하고 이용했다.

"후후, 구원이란 건 스스로의 힘으로 얻는 것이지 누군가가 내려주는 것이 아니란 것을 모르는군."

적산이 조소 어린 얼굴로 창밖을 바라봤다.

"요즘 일어나는 민란의 배후에 저들이 있다는 소문도 있소이다. 최근 세가에서도 저들을 조심스럽게 주시하고 있는 중이오."

황보영호가 못마땅한 얼굴로 말했다.

태산 근처에서 충돌했던 무리들 역시 천사교와 관련이 있을지 모른다고 여긴 것이다.

"일단 교인이 되면 무공을 배울 수 있다고 합니다. 무슨 수를 쓰는지는 모르겠으나, 나이를 먹은 이들도 천사교에 들어가면 한 달도 안 되어 무공을 익히고 펼칠 수 있습니다."

황보인화의 설명에 진운룡이 눈을 빛냈다.

보통 나이가 든 자일수록 무공을 배우는 데 시간이 오래 걸리기 마련일뿐더러 아예 배우는 것 자체가 불가능한 경우도 많았다.

한데, 몇 년씩 익혀도 쉽지 않은 일을 겨우 한 달 만에 해내는 것은 아무래도 정상적으로 느껴지지 않았다.

무언가 작위적인 수단을 쓰는 것이 분명했다.

진운룡은 열정적으로 연설을 하고 있는 천사교의 사내를 유심히 바라봤다.

"스스로를 지킬 수 있는 힘을 얻고 싶은 이는 천사를 따르거라! 천사께서 너희들에게 강력한 힘을 내리실 것이니! 천사께서 보호하시는 한 그 누구도 너희들을 핍박할 수 없으리라!"

순간, 놀랍게도 사내의 몸에서 빛이 뿜어져 나왔다.

군중들이 두 팔을 들어 올린 채 '천사시여!'를 연호했다.

그들의 눈은 아편이라도 피운 것처럼 흐릿하고 광기에 젖어 있었다.

"백성들이 현혹될 만도 하군요."

소은설이 신기한 표정으로 몸에서 황금빛 광채를 뿜어내는 도포사내를 바라봤다.

"황금빛이라……."

진운룡이 무언가 석연치 않은 듯 미간을 찡그렸다.

황금빛 광채가 뿜어낼 수 있는 자들은 불교 계통의 심법을 익힌 경우가 대부분이었다.

한데 아무리 봐도 불력(佛力)과는 거리가 멀어 보였다.

때마침 일행이 시킨 요리들이 도착했다.

천사교에게서 관심을 거둔 일행은 즐겁게 식사를 한 후

황보세가로 향했다.

*　　　　*　　　　*

황보세가에 도착한 일행은 우선 천무단주인 황보혁제를 찾아갔다.

황보혁제는 황보세가 삼대 무력 조직 중 하나인 천무단의 단주로 바로 황보영호 남매의 아버지였다.

진운룡들에 대해 전해 들은 황보혁제는 기쁜 마음으로 세 사람을 맞이했다.

"허허, 고맙네. 자식들에게 큰 도움을 주었다니, 그것은 곧 나에게 도움을 준 것과 같네. 듣자하니 제남에서 아버지를 찾는다고? 그렇다면 아무래도 머물 곳이 필요하겠구만. 다른 곳에 갈 필요 없이 세가에 머물도록 하게. 원하는 대로 얼마든지 머물고, 도움이 필요하거나 부족한 것이 있으면 언제든지 내게 이야기하게. 소 소저의 아버지를 찾는 일도 수하들을 시켜 내 알아보도록 하지."

소은설의 표정이 밝아졌다.

황보세가의 도움을 받는다면 제남에서는 그야말로 거리낄 것이 없었기 때문이다.

"호오. 한데, 자네는 참으로 놀라운 신체를 가지고 있군

그래. 마치 무공을 위해서 태어난 것 같아."

황보혁제가 적산에게 흥미를 보였다.

적산이 강호에서 흔히 말하는 천무지체를 타고났기 때문이었다.

"무공만 제대로 익혔다면 세상을 떠들썩하게 만들 고수가 되었을 텐데, 참으로 안타깝구만."

황보혁제가 아쉬운 얼굴로 말했다.

적산에게서 느껴지는 공력이 너무도 미약했기에 무공을 정식으로 수련하지 않았다 여긴 것이다.

만일 어렸을 때부터 재대로 무공을 수련했다면 적산의 나이에 공력이 지금처럼 보잘 것 없을 리가 없었기 때문이다.

"아버님, 진정한 고수는 진 공자입니다!"

황보영호가 잔뜩 상기된 얼굴로 말했다.

황보혁제의 눈에 이채가 일었다.

"이 서생 같은 공자가?"

"예, 기운만으로 사람들을 오 장 밖으로 날려 보낼 정도라니까요?"

황보영호가 신이 나서 말을 이었다.

"허……. 이거 늙은이가 귀인을 몰라 봤네그려."

황보혁제가 신기한 눈으로 진운룡을 바라봤다.

자신도 기운을 느끼지 못할 정도면, 진운룡이 최소한 자신과 비슷하거나 윗줄의 경지에 있다는 이야기였다.

진운룡의 나이를 볼 때 참으로 믿기 어려운 일이었다.

현재 후기지수들 중 가장 뛰어난 이들이라 해도 간신히 절정에 든 정도.

한데, 황보세가에서 다섯 손가락 안에 꼽히는 실력을 가진 황보혁제와 겨룰 수 있는 경지라니 참으로 대단한 일이었다.

"뛰어난 신성(新星)들의 등장이야말로 정도 무림의 복이라 할 수 있지."

황보혁제가 기꺼운 얼굴로 고개를 끄덕였다.

명문대파의 제자가 아닌 것은 아쉬웠으나, 그래도 무림맹 소속으로 공을 세운다면 훗날 충분히 강호의 기둥이 될 수 있을 것이다.

"좀 더 많은 이야기를 나누고 싶으나, 다들 오랜 여행으로 피곤할 테니 오래 붙잡고 있으면 실례인 듯싶으이. 너희가 손님들이 쉬실 수 있도록 숙소로 안내해 드리거라."

"네, 아버님!"

황보혁제에게 인사를 한 일행은 황보영호의 안내를 받아 숙소로 향했다.

*　　　*　　　*

"어라? 영호, 영관이가 아니냐? 태산에 다녀온다더니 벌써 돌아온 것이냐?"

일행이 숙소로 향하는데 나이가 스물 중반쯤 되어 보이는 시원시원한 외모를 가진 청년 하나가 반가운 얼굴로 아는 체를 했다.

"영천 형님!"

황보영호와 황보영관 역시 기쁜 얼굴로 청년에게 마주 인사했다.

"흥! 오라버니 저는 안 보이시나 봐요?"

황보인화가 입술을 삐죽거리며 콧방귀를 뀌자 청년이 난감한 얼굴로 손사래를 쳤다.

"오! 우리 귀여운 인화도 있었구나!"

영천이라 불린 청년의 정체는 바로 현 황보세가의 후계자이자 현 무림에서 가장 뛰어난 후기지수들을 뜻하는 강호십룡(江湖十龍) 중 하나인 황보영천이었다.

"뜻밖의 습격을 받아서 예정보다 일찍 돌아오게 되었습니다. 만일 이분들이 없었다면 큰 낭패를 당할 뻔했습니다."

황보영관이 그동안의 일을 설명하고, 진운룡 일행과 황보영천을 서로 소개시켜 줬다.

특히 진운룡의 활약과 무위에 대해 입이 마르도록 칭송

했다.

"형님도 진 공자의 신위를 직접 보셨다면 입을 다물지 못했을 것입니다!"

황보영호까지 거들고 나서자 황보영천이 흥미로운 눈으로 진운룡을 바라봤다.

황보영관과 영호 형제도 후기지수 중에서는 결코 무공 실력이 떨어지지 않는 이들이었다.

아무리 과장이라 해도 이들이 이 정도 반응을 보일 정도라면 진운룡의 실력이 보통이 아닌 것만은 분명했다.

게다가 아무리 감각을 끌어 올려도 진운룡에게서 한 줌의 공력도 느껴지지 않았다.

그것은 곧 진운룡이 자신의 능력으로는 감지하기 힘들 정도의 고수일지도 모른다는 이야기였다.

잠시 진운룡을 호기심 어린 얼굴로 살피던 황보영천이 자신의 사촌 동생들에게로 시선을 돌렸다.

"어찌 되었든 무사해서 참으로 다행이구나. 동생들을 대신해 다시 한 번 감사드립니다."

소은설이 하오문 출신이라는 이야기를 들었음에도 황보영천은 별로 개의치 않고 정중히 감사를 표했다.

황보영천은 본래 성격이 호탕하고 사람을 가리지 않는 담백한 인물이었기 때문이다.

"아! 이거 마침 잘됐군요."

진운룡 일행에게 감사 인사를 한 황보영천이 문득 무언가가 생각난 듯 갑자기 손뼉을 치며 기뻐했다.

황보영호와 영관 형제가 궁금한 얼굴로 황보영천을 바라봤다.

"마침 모용세가와 제갈세가의 자녀분들이 방문해 저녁에 함께 술자리를 하기로 했던 차인데, 젊은 사람들끼리 친교도 나누고 회포도 풀 겸 함께하시지요."

"제갈세가와 모용세가요?"

"그렇다니까? 게다가 말이지……."

황보영천이 은근한 목소리로 말했다.

"그 무림오화(武林五花) 중 한 명인 모용주란도 왔다구. 정말 말로 표현 못할 정도로 끝내 준다니까?!"

황보영천이 게슴츠레한 눈으로 엄지손가락을 치켜세웠다.

"저, 정말요?"

황보영호와 황보영관이 침을 꿀꺽 삼켰다.

"오라버니!"

세 사람의 어이없는 모습을 보고 황보인화가 빽 소리를 질렀다.

뜨끔한 황보영천이 얼른 고개를 흔들었다.

"무, 물론! 무림오화라 해 봐야 우리 인화만큼 예쁘지는 않지! 하지만 안타깝게도 너는 내 동생이 아니더냐? 흠흠! 앗! 이거 아름다운 소 소저도 계신데 실례했습니다! 하하하 하!"

황보영천이 땀을 삘삘 흘리며 사태를 수습하려 애썼다.

사실 소은설도 동그랗고 커다란 눈과 오뚝한 코를 가져 전체적으로 귀여운 외모였다. 하지만 그렇다고 찬사를 받을 만큼 아름답지는 않았다.

게다가 그다지 꾸미고 다니지도 않기에 아무래도 명문가의 여식들에 비하면 모자람이 있었다.

"어쨌든! 즐거운 자리가 될 겁니다. 게다가 형 된 자의 도리로 동생들을 구해 주신 은인에게 최소한 술 한잔은 대접을 해야 함이 당연하지 않겠습니까! 하하하! 설마, 이대로 저를 은혜도 모르는 놈으로 만드시지는 않겠지요?"

금방이라도 울 것만 같은 얼굴로 황보영천이 일행에게 간곡히 부탁했다.

하지만 딱히 귀찮은 자리에 끼고 싶은 마음이 없는 진운룡은 심드렁한 얼굴로 전혀 반응하지 않았다.

그것은 싸움 이외에는 별 관심이 없는 적산 역시 마찬가지였다.

"호호호, 저희야 초대해 주시면 오히려 감사하죠. 정말 재밌을 것 같네요."

그때, 소은설이 얼른 진운룡의 옆구리를 치며 눈치를 줬다.

황보세가의 후계자인 황보영천과 불편한 관계를 만들게 되면 자칫 아버지를 찾는 데 도움을 받을 수 없을지도 몰랐기 때문이다.

반대로 황보영천까지 적극적으로 돕는다면 아버지를 찾는 일은 이제 희망 정도가 아니라 확신에 가까워지게 된다.

당연히 이런 자리는 억지로 만들어서라도 참여해야 했다.

"근데, 당신 강해 보이는군?"

그때, 적산이 갑자기 씨익 웃으며 황보영천을 노려봤다.

순간 황보영천의 장난스럽던 표정이 변했다.

"흠, 어디 가서 맞고 다니지 않을 정도는 됩니다."

"그렇다면 나와 한판 놀아 보는 건 어때?"

"글쎄요. 저는 적 공자 보다는, 진 공자의 솜씨가 더욱 궁금하군요."

진운룡을 바라보는 황보영천의 눈에는 호승심이 가득했다.

황보영호가 진운룡의 무위에 대해 워낙에 호들갑을 떤 터라 꼭 한 번 직접 견식해 보고 싶었던 것이다.

"그자는 내 거니까 그자와 손을 맞대려면 먼저 나를 이겨야지. 후후후."

하지만 적산이 그를 막아섰다.

진운룡은 어이없는 얼굴로 두 사람을 바라봤다.

당사자의 의견은 무시한 채 니 꺼네 내 꺼네 하는 모습이 기가 막혔기 때문이다.

잠시 적산을 바라보던 황보영천의 얼굴에 미소가 걸렸다. 얼핏 느끼기에 적산의 공력은 형편없었다. 하지만 적산에게는 느껴지는 것 외에 무언가가 있었다.

자신의 예감이 적산은 결코 별 볼 일 없는 자가 아니라고 이야기하고 있었다.

"하하하! 좋소이다! 한번 놀아 보도록 합시다!"

우우우우웅!

황보영천이 공력을 끌어 올렸다.

"역시 통하는 게 있군!"

적산도 검을 들어 황보영천을 겨누었다.

진운룡에게 터져 나간 녹슨 철검 대신 제검문에서 얻은 제법 괜찮은 청강검이었다.

온몸이 저릿할 정도로 황보영천의 공력은 뛰어났다.

하지만 적산은 전혀 위축되지 않았다.

"하여간 사내들이란! 싸울 땐 싸우더라도 일단 숙소에 여장부터 좀 풀자고요!"

소은설이 목소리를 높이자 황보영천이 멋쩍은 표정으로

진기를 거두었다.

"아! 이런 내 정신 좀 보게. 이제 막 제남에 도착하신 분들인데, 너무 내 욕심만 생각했군요. 적 공자 아쉽지만 비무는 일단 다음 기회로 미루도록 하지요."

적산 역시 아쉬운 듯 입맛을 다시며 검을 거두었다.

"그럼 이따가 유시(酉時) 초에 뵙도록 하죠. 영호와 영관이가 모시고 오너라."

"네, 형님."

"그나저나 진 공자가 함께 간다면 너무 강력한 경쟁자가 등장하는 셈이니, 이거 정신 바짝 차려야겠군요. 하하하하!"

황보영천의 말에 황보영호 형제도 고개를 끄덕이며 짐짓 진운룡을 경계했다.

황보세가의 남자들은 아무래도 남자답게 시원시원한 외모를 가진 반면, 진운룡은 그야말로 옥으로 깎아 놓은 듯한 꽃미남이었다.

"오라버니 농은 그만 하시고 손님들 피곤하시니, 일단 쉬시도록 해 드려요."

황보인화의 말에 황보영천이 머리를 긁적이며 진운룡 일행에게 작별 인사를 했고, 일행은 다시 숙소로 향했다.

*　　　　*　　　　*

황보영호의 안내를 받은 진운룡 일행은 이미 낮에 한 번 와 본 적이 있는 천미각에 도착했다.

진운룡으로서는 그다지 마땅치 않은 자리였다.

어차피 그에게는 한참 애송이에 불과한 후기지수들이었다.

함께 어울리는 게 그다지 흥이 날 리 없었다.

하지만 소은설의 성화를 못 이겨 결국 따라나선 것이다.

처음에는 숙소에 남겠다던 적산도 진운룡이 온다고 하자 얼른 뒤를 쫓아왔다.

"아! 어서 오십시오! 이쪽입니다!"

오층에 오르자 뒤쪽 창가에 자리를 잡은 황보영천이 일행을 알아보고는 손을 흔들었다.

황보영천 옆에는 이미 다섯 명의 선남선녀들이 자리를 잡고 있었다.

모두 귀티가 흐르는 외모에 고급스러운 옷차림을 하고 있어서 척 봐도 명문가의 자제들임을 알 수 있었다.

"자! 다들 인사들 나누도록 하지요. 이쪽은……."

황보영천이 먼저 모용세가와 제갈세가 후기지수들을 소개했다.

제갈세가에서는 제갈무진과 제갈성진 형제가 자리를 하고 있었는데, 그들은 현 가주인 제갈휘의 둘째와 셋째 아들로 둘 다 제갈세가의 다음 대 가주 후보들이었다.

그중에서도 제갈무진은 첫째인 제갈영진에 못지않은 자질과 머리를 가지고 있어 강력한 차기 가주 후보였다.

야심도 상당했고, 무공 실력도 뛰어났다.

모용세가의 후기지수는 모용제와 모용후 그리고 모용주란 세 사람이었다.

모용세가에서는 단연 모용주란의 존재가 돋보였다.

과연 무림오화 중 하나로 꼽힐 만큼, 눈부시게 아름다웠다. 화려한 듯하면서도 품격이 있었고, 청초한 듯하면서도 관능적인 아름다움이 혼재하고 있었다.

황보영호와 황보영관 형제는 이미 입이 귀에 걸려 있었다.

"이야! 이거 무림오화 중 한 분을 이렇게 직접 뵙게 되다니 정말 영광입니다!"

황보영호가 입을 다물지 못한 채 연신 호들갑을 떨었다.

"이쪽은 제 사촌 동생들인 황보영호와 황보영관입니다. 그리고 세 분은 동생들의 손님이십니다. 이번에 동생들이 큰일을 당할 뻔한 것을 구해 주셨지요."

황보영천의 소개에 후기지수들의 시선이 진운룡과 소은설

적산에게로 향했다.

"여기 이 귀여운 아가씨는 하오문의 소은설 소저십니다."

하오문이란 말에 몇몇 후기지수들이 눈살을 찌푸렸다.

황보영천의 손님이라는 말 때문에 대놓고 표현하지는 않았으나, 얼굴에 못마땅한 기색이 역력했다.

아무래도 하오문은 강호에서, 특히 정파의 명문 출신들에게는 그다지 마음에 드는 곳이 아니었다.

문도들의 이력 자체가 도둑이나 소매치기, 기녀 등 범죄자나 하류인생들이었기에 정파라기보다는 오히려 사파에 가깝다고 생각하는 이들이 대부분이었다.

당연히 하오문 출신에 대한 편견이 있을 수밖에 없었다.

소은설 역시 그 사실을 잘 알고 있기에 이들의 반응을 그다지 개의치 않았다.

물론, 자신이나 아버지는 결코 세상에 부끄러운 일을 한 적이 없었으나, 하오문도들 중 상당수가 범죄자라는 것은 명백한 사실이었기 때문이다.

분위기가 어색해지자 황보영천이 재빨리 나머지 사람들을 소개해 화제를 돌렸다.

"흠흠! 소 낭자 옆에 야성미가 철철 넘쳐나는 열혈청년은 적산 공자, 그리고 그 옆에 이 황보영천이 질투가 느껴질 정도로 잘생기신 분은 바로 진운룡 공자입니다! 이거 무슨 사내가 저리 소름끼치도록 아름답게 생겼을까요? 하하하!"

황보영천의 다소 과장된 소개에 후기지수들의 관심이 진운룡에게로 향했다.

진운룡은 남자가 보기에도 탄성이 터져 나올 정도로 빼어난 외모를 가지고 있었다.

모용주란 역시 진운룡에게 눈길을 줬다.

그녀의 눈에는 호기심이 가득했다.

"게다가 참고로 진 공자는 대단한 고수입니다."

후기지수들의 눈에 이채가 일었다.

진운룡에게서는 전혀 아무런 기운도 느껴지지 않았기 때문이다.

"호오, 무림십룡에 올라 있는 황보 공자께서 고수라 인정하실 정도면 보통 실력은 아니신 모양인데, 얼마나 대단한 실력을 가지고 계실까 무척 궁금하군요."

약간은 도전적인 말투로 제갈무진이 말했다.

제갈무진은 무림십룡에 들지 못하는 것에 항상 불만을 가지고 있었다.

무림십룡 중 하나이자 자신의 친형인 제갈영진에 비해 결코 밀린다고 생각해 본 적이 없었기 때문이다.

그는 단지 제갈영진이 제갈세가의 장남이라는 이유로 인해 무림십룡에 들 수 있었다고 여겼다.

그런 이유로 그 무림십룡 중 하나인 황보영천이 인정하는 사내, 그것도 명문대파의 제자도 아닌 진운룡이 마음에 들지 않았던 것이다.

게다가 진운룡의 수려한 외모는 그의 신경을 더욱 건드렸다. 모용주란의 관심을 끌고 있다는 사실은 더욱 기분이 나빴다.

“물론, 저도 동생에게 듣기만 해서 직접 진 공자의 실력을 확인하지는 못했습니다. 하하하.”

황보영천이 눈을 빛내며 말했다.

그 역시 진운룡의 진정한 실력에 대해 호기심이 일었기 때문이다.

진운룡은 특유의 무심한 표정으로 그들의 관심을 무시했다.

어린 아이들의 혈기 어린 도발에 하나하나 발끈할 만큼 진운룡의 수양이 낮지 않았기 때문이다.

명백한 도발이었다.

그때, 미리 주문해 둔 음식과 술이 나왔다.

“하하하, 술이 나왔으니 다들 우선 한 잔씩 걸칩시다!”

황보영천이 술잔을 들어 건배를 제의했고, 다시 화기애애한 술자리가 이어졌다.

모두의 관심은 진운룡에게서 다시 모용주란으로 향했다.

황보 형제들은 모용주란의 선심을 사기 위해 애썼고, 제갈무진 역시 은연중에 자신을 내세우며 모용주란에게 잘 보이기 위해 노력을 기울였다.

다른 이들의 분위기가 어떻건 진운룡은 조용히 술을 음미하는 데 집중했다.

그가 술을 즐기는 편은 아니었으나, 오랜만에 맛보는 모태주의 향은 꽤나 만족스러웠다.

황보영천의 말로는 오늘을 위해 특별히 구한 삼십 년이 넘게 묶은 최고급 모태주라 했다.

모태주가 본래 오래 묶을수록 향이 점점 더 그윽해지고 값어치 또한 높아지는지라 삼십 년을 묶인 모태주면 사실 황보영천도 꽤 무리를 한 셈이었다.

덕분에 진운룡은 백 년 만에 입이 호강할 수 있었다.

술기운이 돌면서 후기지수들끼리 여러 가지 흥미로운 이야기들이 오고갔다.

마교에게 포로로 잡힌 무림맹주 남궁진천의 손자에 대한 이야기, 간신 엄숭의 횡포에 대한 이야기, 무림맹에서 개최하는 무림대회에 대한 이야기 등 현 강호를 떠들썩하게 만들고 있는 주제들이 그들의 관심 대상이었다.

술잔이 몇 순배 돈 후 후기지수들의 화제는 현 강호에서 제일 강자가 누구인가로 이어졌다.

"아무래도 현 맹주이신 검제(劍帝) 남궁진천 어르신을 따를 자는 없지 않겠소? 이미 현경을 넘어섰다는 소문이 있지 않소이까? 검제께서 버티고 계신 덕에 마교도 함부로 날뛰지를 못하고 있으니 말이오."

황보영호가 당연하다는 듯 말했다.

남궁세가의 가주이자 현 무림맹 맹주를 맡고 있는 남궁진천은 정파의 지주(支柱)와도 같은 존재였다.

"마교 교주인 마제(魔帝) 하우광도 만만치 않지요. 많은 강호 고수들이 개인의 무력만으로는 그를 따를 자가 없다고들 하니까요."

황보영관이 조심스럽게 말했다.

단일 세력인 마교가 정도무림과 대등하게 맞설 수 있는 가장 큰 이유가 바로 하우광의 존재였다.

하우광 역시 이미 현경을 넘어선 지 오래였으며, 그 시기는 오히려 남궁진천보다 십 년이나 빨랐다.

정파인들 사이에서야 남궁진천의 이름을 높이 사고 하우광을 깎아내리곤 했지만, 사실 속으로는 모두 하우광을 두려워했다.

"저는 생각이 좀 다릅니다."

제갈무진이 입가에 오만한 미소를 머금으며 말했다.

"십이천의 꼭대기에 있는 두 사람보다 더 강한 이가 있단 말입니까?"

황보영천이 호기심 어린 얼굴로 물었다.

다른 이들의 관심 역시 제갈무진에게 집중되었다.

제갈무진은 모두의 시선을 즐기는 듯 만족스런 모습으로 잠시 좌중을 둘러봤다.

"저는 소림의 선승이신 망우대사야말로 현재 천하제일인으로 가장 어울리는 분이라고 생각합니다."

모두가 놀란 눈을 했다.

망우대사라면 이미 세수가 백이십 세가 넘었다 알려진 소림 최고의 고승이었다.

만일 그가 지금도 살아 있다면 정사마(正邪魔) 통틀어 가장 강력한 고수일 것이라는 데는 누구도 이견이 없었다.

다만 문제는 이미 삼십 년 전에 일선에서 물러나 그 이후로는 강호에 모습을 드러낸 적이 없었기에 그가 과연 아직까지 살아 있기는 한 건지 확인할 길이 없다는 것이다.

소문에 의하면 어떤 이들은 그가 소림의 은자림(隱者林)에 머물며 불도에 전념하고 있다고 하였고, 이미 입적을 하셨을 것이라 짐작하는 이들도 있었고, 혹자들은 그가 반로환동을 한 후 정체를 숨긴 채 세상을 유람하고 있다고도 했다.

이렇듯 강호인들 사이에서도 의견이 분분하니 망우대사를

천하제일인으로 언급하는 것은 조금 무리가 있었던 것이다.

"그분께서는 아직까지 살아 계신지조차 불확실하지 않습니까?"

역시나 모용제가 그 점을 지적했다.

"돌아가셨다는 증거도 없지 않소?"

제갈무진의 말에 사람들이 고개를 끄덕였다.

"진 공자의 의견은 어떠신가요? 누가 현 무림에서 진정한 강자라고 생각하시나요?"

그때 갑자기 모용주란이 진운룡에게 물었다.

그녀의 눈에는 호기심이 가득했다.

그녀가 볼 때 진운룡은 여러 면에서 흥미로운 인물이었다. 출중한 외모는 일단 젖혀 놓더라도 다른 이들과는 여러모로 달랐다.

우선 세상일에는 전혀 관심 없는 듯한 그의 무심함은 이제 스무 살을 갓 넘은 혈기방장한 청년들에게서는 결코 찾아볼 수 없는 것이었다.

두 번째로는 다른 사내들과 달리 자신에게 전혀 관심을 기울이지 않는다는 점이다.

이제껏 그녀는 어딜 가나 모든 사내들의 시선을 한 몸에 받곤 했다.

한데 진운룡은 전혀 그녀에게 관심을 두지 않고 있었다.

'일부러 그러는 것일까?'

오히려 역으로 자신의 관심을 끌기 위한 술책일지도 모른다고 모용주란은 생각했으나, 그렇다고 하기에는 진운룡은 그녀뿐 아니라 다른 이들에게도 똑같이 무심하고 아무런 관심을 두지 않았다.

의도가 무엇이든 결과적으로 진운룡은 그녀의 관심을 끄는 데 성공한 것이다.

"황보 공자의 이야기를 들어 보면 진 공자께서도 상당한 고수이신 것 같은데, 무인으로서 목표로 삼는 강자가 있으실 것 아니에요?"

모태주를 음미하고 있던 진운룡은 갑작스런 질문에 눈살을 살짝 찌푸렸다.

그냥 끼리끼리 놀 일이지 굳이 자신까지 귀찮게 구는 것이 못마땅했던 것이다.

모두의 시선이 진운룡에게로 향했다.

"글쎄, 이제껏 강하다고 느껴지는 자들을 만나 보지 못했소만……."

진운룡이 심드렁한 얼굴로 말했다.

순간 좌중에 정적이 흘렀다.

사실 진운룡 딴에는 본래 자신의 생각보다 상당 부분 순화시켜 이야기한 것이었으나, 듣는 이들의 입장에서는 전혀 그렇지 않았다.

옆에 앉아 있던 소은설의 이마에서 식은땀이 흘러내렸다.

"하하하! 역시 당신답군! 정말 마음에 들어! 최고야!"

잠자코 술만 마시던 적산이 호쾌하게 웃음을 터뜨렸다.

반면 다른 후기지수들의 얼굴에는 못마땅함과 비웃음이 가득했다.

이제 고작 스물을 조금 넘은 자의 입에서 나오기에는 너무도 광오한 한 마디에 한편으로는 기가 막혔고, 한편으로는 어이가 없었다.

"하하하! 진 공자가 강호에 출도한 지 얼마 되지 않아 강호고수들이나 사정에 대해 잘 모르니. 이해해 주세요."

소은설이 어색한 웃음을 지으며 얼른 상황을 수습했다.

"흥! 하긴 그렇다면 강자들을 거의 접해 보지 못했을 테니 이해가 가는군요. 그래도 진 공자께서는 좀 더 겸양을 배우실 필요가 있을 것 같소. 강호라는 곳이 젊은 혈기만으로 함부로 부딪힐 만큼 만만한 곳이 아니기 때문이오."

제갈무진이 조롱이 섞인 목소리로 말했다.

그의 말투에는 다분히 진운룡을 도발하려는 의도가 담겨 있었다.

이렇게 되자 진운룡이 어떻게 대응을 할지에 모두의 관심이 쏠렸다.

진운룡의 기고만장한 성깔을 너무도 잘 아는 소은설로서는 괜히 그가 참지 못하고 사고를 칠까봐 애를 태울 수밖에 없었다.

무림 세가들과 척을 지는 일은 초가장 정도와는 차원이 달랐기 때문이다.

게다가 황보영천의 손님들이었다.

자칫 황보세가와의 좋은 관계도 틀어질 수 있는 것이다.

제남은 황보세가의 영토나 마찬가지였다.

이곳에서 아버지를 찾아야 하는 그녀의 입장에서는 황보세가의 비유를 건드리지 않는 것이야말로 가장 중요한 일이었다.

그때, 진운룡의 무심한 시선이 제갈무진에게 향했다.

동시에 제갈무진은 마치 얼음구덩이에 떨어진 듯한 한기를 느꼈다.

'이, 이게 무슨…….'

그는 급히 고개를 돌리려 했으나, 진운룡의 시선과 맞닿은 순간 무슨 일인지 손가락 하나 까딱할 수 없었다.

이유를 알 수 없는 공포와 두려움이 그의 가슴을 온통 지배했다.

'제갈세가라…….'

제갈세가와 진운룡은 제법 관계가 깊었다.

그가 사랑했던 여인이 바로 제갈세가 사람이었기 때문이다.

피식 웃은 진운룡이 흥미를 잃은 듯 제갈무진에게서 시선을 거두고 술잔을 기울였다.

제갈무진을 압박하던 한기가 순식간에 사라지고, 어느새 진운룡의 얼굴은 예의 그 심드렁한 표정으로 돌아가 있었다.

제갈무진은 가슴을 쓸어내리면서도 자신이 진운룡에게 두려움을 느꼈다는 것에 대한 분노가 밀려왔다.

"이……!"

제갈무진이 입술을 깨물며 진운룡을 노려봤다.

"호호호호, 정말 재미있으신 분이군요. 하기야 피가 끓는 무인이라면 직접 상대해 보지도 않은 이를 강자라고 인정할 수는 없겠네요."

그때, 모용주란이 화사한 목소리로 크게 웃음을 터뜨렸다.

동시에 냉각되었던 분위기가 순식간에 부드럽게 바뀌었다.

이렇게 되자 제갈무진도 감정을 죽일 수밖에 없었다.

"끄응……."

"하하하, 모용 소저의 말씀이 맞습니다. 사내라면 그 정도 기개는 있어야지요! 어차피 우리는 젊으니 이제 천천히 알아 가면 되지요. 오늘처럼 좋은 만남들을 갖다 보면 친분도 쌓고, 강호에 대해서도 조금씩 알게 되지 않겠습니까? 그런 의미에서 다시 한 번 건배하는 것이 어떻겠습니까?"

황보영천이 얼른 건배를 제의하며 어색했던 분위기를 띄웠다.

이후로는 별다른 사건 없이 화기애애한 자리가 이어졌다.

특히 모용주란은 특유의 매력과 언변을 뽐내며 술자리의 분위기를 주도했다.

결국 모용주란으로 인해 술자리는 별다른 사건 없이 흥겹게 끝났고, 소은설은 안도의 한숨을 내쉴 수 있었다.

적당히 술기운이 오른 일행은 다음을 기약하며 천미각을 나섰다.

7장
적산

황보세가로 돌아가기 위해 천미각을 나선 일행이 막 시내로 들어섰을 때였다.

갑자기 대로 주변이 소란스러워지며 사람들이 좌우로 흩어지기 시작했다.

그 중심에 관복을 입은 다섯 사람이 있었다.

그들은 보무도 당당하게 대로 한가운데를 걸어오고 있었는데, 사람들은 알아서 길을 비켜났다.

"동창……."

황보영천이 그들이 입고 있는 복장을 보며 눈살을 찌푸렸다.

무림인들이 가장 꺼리는 관인들, 그중에서도 혐오에 가까울 정도로 싫어하는 자들이 바로 동창이었다.

"저자들이 무슨 일로 이곳까지 행차한 거지?"

황보영호가 못마땅한 얼굴로 말했다.

그들이 가는 곳에는 항상 피와 비명이 끊이지 않았다.

게다가 황제는 정무를 내팽개친 채 간신들이 나라를 장악하고 있는 요즘은 그 위세가 더욱 살벌해서 조금만 마음에 들지 않으면 역적으로 몰아 고문을 가한 후 추살했다.

"흥! 똥이 무서워서 피하겠소? 더러워서 피하지!"

제갈무진이 못 볼 것을 봤다는 얼굴로 콧방귀를 꼈다.

하지만 일행 중 가장 격한 반응을 보인 것은 의외로 적산이었다.

"이봐요? 싸움귀신 표정이 심상치 않은데요?"

소은설이 불안한 얼굴로 진운룡에게 말했다.

적산은 금방이라도 달려 나갈 듯한 얼굴로 동창의 위사들을 노려보고 있었다.

마치 철천지원수라도 만난 듯 그의 두 눈과 온몸에서 살기가 흘러나오고 있었다.

적산의 살기를 느꼈음인지 동창 위사들의 시선이 일행을 향했다.

"개새끼들!"

순간, 미처 말릴 틈도 없이 적산이 그들을 향해 돌진했다.

"이, 이런!"

"저런 멍청한!"

당황한 후기지수들이 욕지기를 쏟아 내며 적산을 막으려 했으나 이미 늦은 뒤였다.

어느새 적산은 검을 뽑아 들고 동창 위사들을 공격하고 있었다.

"감히! 나라의 녹을 먹는 관원을 공격하다니 역도의 무리가 틀림없구나! 뭣들 하느냐! 당장 놈을 잡아라!"

당두로 보이는 자가 명을 내리자 네 명의 위사가 적산을 향해 마주 달려갔다.

적산은 비호처럼 몸을 날려 가장 왼쪽에 위치한 위사의 머리를 내려쳤다.

쩌어엉!

위사가 급히 검을 뽑아 막아 내자 적산은 아직 허공에 몸을 띄운 채로 위사의 가슴을 걷어찼다.

퍼퍽!

"크윽!"

갑작스런 발길질을 미처 피해 내지 못한 위사가 신음을 흘리며 뒤로 물러섰다.

땅을 한 번 박찬 적산의 신형이 빠른 속도로 위사를 따라붙었다.

순간, 좌우 앞쪽에서 두 명의 위사가 적산의 옆구리를 향해 검을 찔러 들어왔다.

만일 적산이 그대로 돌진한다면 스스로 그들의 검을 향해 뛰어드는 꼴이었다.

하지만 적산은 신형을 멈추지 않았다.

스악! 푸욱!

두 위사의 검이 적산의 옆구리를 깊숙이 할퀴고 지나가며 피가 튀었다.

"엇!"

"이런!"

동시에 두 위사의 놀란 목소리가 터져 나왔다.

적산이 순간적으로 몸을 비틀어 최소한의 피해로 두 사람을 지나쳐 간 것이다.

적산의 검은 어느새 뒤로 물러선 위사의 가슴을 찌르고 있었다.

푸욱!

"크악!"

급히 몸을 낮춘 덕에 간신이 심장이 꿰뚫리는 것을 면한 위사가 비명을 토해 내며 쓰러졌다.

"이놈!"

순간 적산은 등에서 화끈한 통증을 느꼈다.

어느새 네 번째 위사의 검이 그의 등을 대각선으로 길게 베고 지나간 것이다.

"크윽!"

신음을 흘린 적산이 급히 몸을 낮추어 바닥을 구르자, 그 자리로 두 개의 검날이 스치고 지나갔다.

파팍!

"젠장!"

몇 바퀴를 굴러 몸을 일으킨 적산이 욕지기를 토해 냈다.

간발의 차로 위사 한 놈을 죽이지 못한 것이 너무 아쉬웠다.

"이놈! 감히 관인을 상하게 하다니! 죽고 싶어 환장한 게로구나!"

세 명의 위사가 눈을 부라리며 적산을 노려봤다.

황보영천을 비롯해 일행은 이러지도 저러지도 못하고 적산을 지켜봤다.

자칫 끼어들었다가 동창과 부딪히게 되면 그들도 역도로 몰릴 것이기 때문이다.

물론, 그것이 그리 두렵지는 않았으나, 잘 알지도 못하는 적산을 위해 귀찮음을 감수할 이유가 없었다.

"그물과 비도를 사용해라!"

당두가 명을 내리자 세 위사가 허리춤에 매달려 있던 그물을 집어 던졌다.

휘리릭!

세 개의 그물이 넓게 펼쳐지며 적산의 신형을 덮쳤다.

자신을 향해 쏟아지는 그물을 보며 적산의 얼굴이 일그러졌다.

피하기에는 범위가 너무 넓었다.

공력이 뛰어난 이였다면 검으로 잘랐겠으나, 적산으로서는 불가능한 일이었다.

촤촤창!

출렁!

검으로 쳐 내며 버티려 했으나, 결국 역부족이었다.

적산은 순식간에 그물에 잡히고 말았다.

쉬쉬쉭!

순간, 여섯 자루의 비도가 적산을 향해 날아왔다.

적산이 최대한 발버둥 쳐 봤으나 그물 때문에 몸을 마음대로 움직일 수가 없었다.

푸욱! 푹!

결국, 그중 세 자루의 비도가 몸에 그대로 적중했다.

"쿨럭!"

적산이 입에서 피를 토해 낸 채 그 자리에 주저앉았다.
오른쪽 가슴과 왼쪽 어깨, 그리고 복부에 비도가 박혀 있었다.

"이봐요! 보고만 있을 거예요?"
소은설이 걱정스러운 얼굴로 진운룡에게 말했다.
이대로 동창에게 잡히면 죽게 될 것이 분명했다.
아무리 얄미운 적산이었지만, 목숨을 잃는 것을 원하지는 않았다. 하지만 진운룡은 묵묵부답이었다.
하기야 그녀가 알기로 진운룡은 이런 일에 신경을 쓸 만큼 다정하거나 남을 챙길 줄 아는 사람이 결코 아니었다.
고개를 절레절레 흔든 소은설이 안타까운 얼굴로 적산을 바라봤다.
순간, 진운룡의 눈동자에 작은 빛줄기가 일었다 사라진 것을 소은설은 보지 못했다.

"이놈! 잡았다!"
"우선 팔다리의 힘줄을 잘라 움직이지 못하도록 해라."
당두가 입가에 잔인한 미소를 띠운 채 명했다.
위사들 역시 조소를 머금은 채 검을 들고 적산을 향해 다가갔다.

"크으으으으!"

적산이 핏발이 선 눈으로 발버둥 쳤다.

마치 우리에 갇힌 한 마리 야수를 보는 것만 같았다.

"어디 그 눈빛이 언제까지 가나 두고 보자!"

위사들이 살기 어린 얼굴로 검을 들어 올렸다.

바로 그때였다.

우우우우우웅!

갑자기 강력한 기파가 위사들을 덮쳤다.

"어엇!"

"헉!"

순간, 위사들은 갑자기 덮쳐 온 어마어마한 압력에 그대로 자리에 주저앉고 말았다.

동시에 그물에 갇힌 적산이 무언가에 빨려 들어가듯 한쪽으로 주르륵 끌려갔다.

턱!

그 움직임은 적산이 진운룡 앞에 다다른 순간 멈추었다.

진운룡이 오른손으로 그물에 걸린 적산의 등덜미를 낚아챘다.

우우우웅!

파앗! 촤촤촤악!

진운룡의 손으로 부터 기의 파동이 퍼지는 순간 적산을

묶고 있던 세 개의 그물이 산산조각이 나 흩어졌다.

순식간에 주변은 정적이 흘렀다.

동창의 위사들도 황보영천을 비롯한 후기지수들도, 길가에 몸을 숨기고 있던 백성들도, 심지어는 그물에 묶인 적산까지도 순간 아무 말도 하지 못했다.

동창에 대든 것 자체도 놀라운 일이었지만, 이제껏 듣도 보도 못한 진운룡의 신기막측한 무공 실력이 그들의 말문을 막아 버렸기 때문이다.

"이, 이놈!"

진운룡의 신위에 놀란 동창의 위사들이 함부로 움직이지 못하고 머뭇거렸다.

후기지수들 역시 입을 다물지 못하고 어안이 벙벙한 얼굴로 진운룡과 그의 손에 붙잡힌 적산을 바라봤다.

사람을 상대로 허공섭물을 발휘하다니, 도무지 눈으로 보고도 믿어지지 않는 일이었다.

게다가 기를 주입하는 것만으로 적산이 기를 써도 끊지 못하던 그물들을 갈가리 찢어 버렸다.

그들은 침을 꿀꺽 삼키며 진운룡의 눈치를 살폈다.

이런 고수에게 들이댔다는 것을 생각하니 순간 심장이 쫄깃해졌다.

특히 진운룡에 대한 모용주란의 눈빛은 전과는 비교도 할 수 없이 진한 호감과 경외심을 담고 있었다.

유일하게 소은설만이 이미 겪어 본 터라 비교적 담담한 표정을 유지하고 있을 뿐이었다.

하지만 그녀 역시 진운룡이 적산을 도와줄 것이라고는 예상치 못했던 터라 상당히 놀란 얼굴이었다.

“감히! 네놈이 지금 역도를 옹호하는 것이냐?”

그나마 무공이 높은 당두가 정신을 차리고 진운룡에게 호통을 쳤다.

“크으으으! 놔! 내 저놈들을 가만두지…….”

퍽!

당두의 호통에 발광을 하는 적산을 한 방에 기절시킨 진운룡이 담담한 얼굴로 동창의 위사들을 바라봤다.

“내가 기르는 개인데, 아직 길을 덜 들여서 인간이 아닌 자들 중에도 물어서는 안 되는 이가 있다는 것을 잘 모르오. 내 앞으로 좀 더 교육에 신경 쓰도록 하겠소. 어쨌든 그쪽이 물린 것은 미안하게 됐지만, 내 개도 많이 다친 것 같으니, 이쯤에서 끝내도록 합시다.”

너무도 담담하게 말하는 진운룡의 모습에 당두는 잠시 동안 얼이 빠진 모습으로 말을 잇지 못했다.

후기지수들 역시 황당한 얼굴로 진운룡을 바라보고 있었다.

적산을 개라고 한 것도 그렇지만, 빌어도 모자랄 판에 동창 위사가 상처 입은 사건을 개가 다친 것과 퉁 치자는 진운룡의 이야기는 너무도 엽기적인 것이었다.

"이, 이자가 감히! 그대가 동창의 당두와 번역들을 건드리고도 이대로 무사할 성 싶은가! 뭣들 하느냐 당장 이놈을 포박하라!"

정신을 차린 당두가 얼굴이 벌게진 채로 수하들에게 명을 내렸다.

"후회할 텐데?"

진운룡이 씨익 웃으며 말했다.

순간, 당두는 온몸에 서리가 내린 듯 손가락 하나 꼼짝할 수 없었다.

'ㅇㅇㅇ……'

그의 머릿속은 순식간에 공포로 하얗게 물들었다.

'어디서 이런 자가!'

진운룡은 이제껏 그가 겪어 보지 못했던 극강의 고수였다.

본디 무림인들을 그다지 두려워하지 않는 동창이었으나, 진운룡은 그 차원이 달랐던 것이다.

다른 무인들은 동창을 피하고 꺼려했으나 진운룡에게서는 전혀 그런 것이 느껴지지 않았다.

그라면 지금 당장 아무 거리낌 없이 자신과 수하들을 단숨에 죽여 버릴 것만 같았다.

"위, 위 당두님!"

신음소리조차 내지 못하고 당두가 이를 다닥거리며 그 자리에 석상처럼 굳어 버리자 수하들도 감히 움직이지를 못하고 진운룡의 눈치를 봤다.

"진 공자! 잠시만!"

그때, 황보영천이 다급히 앞으로 나섰다.

이대로 진운룡이 동창 당두와 번역들을 죽여 버리게 되면 문제가 심각해지기 때문이었다.

아무리 무림과 관이 서로 간섭하지 않는다 하나, 동창의 위사들을 죽이는 것은 전혀 다른 문제였다.

물론, 특별한 연고가 없는 진운룡이야 크게 개의치 않을 수도 있었으나, 황보세가 같은 대문파의 입장에선 관과의 관계도 신경 쓰지 않을 수 없었다.

"안녕하십니까, 저는 황보세가의 소가주인 황보영천이라 합니다."

황보세가라는 말에 당두의 눈에 이채가 돌았다.

제남에서는 황보세가의 영향력이 상당하다는 사실을 그도 잘 알고 있기 때문이었다.

황보영천 역시 이를 노리고 자신이 황보세가의 소가주임

을 밝힌 것이기도 했다.

"동창의 당두이신 것 같은데, 이거 정말 죄송하게 되었군요. 사실 보셔서 아시겠지만 이자는 산에서 무공만 익히다가 출도한 지 얼마 되지 않는지라 세상물정에 대해 전혀 모르는 자입니다. 동창이니 관부니 하는 것도 당연히 모르지요. 게다가 싸움을 좋아해서 무기를 든 사람만 보면 무조건 달려드는 바람에 저희도 골치가 이만저만 아픈 게 아닙니다."

황보영천이 적산을 가리키며 말을 이었다.

"어려운 부탁인 줄은 압니다만, 이번 사건을 조용히 눈감아 주신다면 반드시 황보세가에서 섭섭하지 않도록 보상을 해 드릴 것이니, 아량을 베푸시는 셈 치고 한 번만 용서를 해 주시면 안 되겠습니까? 이런 무지렁이에게 동창의 당두께서 힘을 쓰시는 것은 너무 아까운 일 아닙니까?"

섭섭하지 않은 보상이라는 말에 잠시 당두의 눈이 반짝했다.

"흥! 지금 관원에게 뇌물을 바치겠다는 것인가?"

당두가 코웃음을 치며 고개를 돌렸다.

하지만 조금 전보다는 태도가 다소 누그러져 있는 것을 감지할 수 있었다.

동창이 위에서 아래까지 썩을 대로 썩었다는 사실은 백성들이면 누구나 다 아는 사실이었다.

첩형부터 일개 위사에 이르기까지 뇌물을 밥 먹듯이 받았으며, 심지어는 관직까지 사고파는 일이 허다했다.

보통 동창 위사는 금의위에서 충원하게 되는데, 수많은 금의위들이 동창 위사가 되기 위해 제독이나 첩형에게 적지 않은 뇌물을 바쳤다.

하니 본전을 뽑기 위해서라도 눈에 불을 켜고 재물을 끌어모으는 것이다.

당두의 표정변화를 눈치챈 황보영천이 고삐를 늦추지 않고 그에게 귓속말을 했다.

"사실 저 진 공자라는 분은 무림에서도 악명이 자자한 무시무시한 고수입니다. 성격이 포악해서 조금만 거슬려도 사람을 우습게 죽입니다. 얼마 전에도 문지기가 웃었다는 이유로 문파 하나를 몰살시켰지요."

동창의 당두가 찔끔한 표정으로 진운룡을 슬쩍 바라봤다가 황급히 고개를 돌렸다.

"게다가 무서운 것이 없어서 무림맹주, 마교 교주도 두 손 두 발 다들 정도지요. 송구스런 말이지만, 황제폐하의 명이라 해도 콧방귀도 안 뀔 인간입니다. 원체가 법이고 뭐고 없는 자이니, 그냥 미친개한테 물렸다 생각하시고 피하시는 편이 나으실 것입니다."

"크, 크험! 아무리 그래도 어찌 황제폐하를 욕되게……."

"대인께서 한 번 자비를 베푸신다면 황보세가에서는 그 은혜에 대한 보상을 결코 잊지 않을 것입니다."

황보영천이 은근히 한 번 더 보상을 강조하자 당두가 못 이기는 척 헛기침을 하며 물러섰다.

"커험!"

무림에서 내로라하는 황보세가의 자제가 그들이 가장 혐오하는 동창의 위사에게 이토록 고개를 숙인다는 것 자체가 쉬운 일이 아니라는 것을 그도 잘 알고 있었다.

이 정도면 자신의 면도 섰고, 더불어 적절한 보상을 받을 수 있다면 이득이 남는 장사였다.

게다가 그는 황제나 나라를 위해 목숨을 바치는 것보다는 재물과 권력을 좋아하는 전형적인 탐관오리였다.

"비록 국법이 지엄하나, 무지한 백성들의 작은 실수까지 엄하게 다스리는 것은 너무 가혹한 일! 그렇다면 내 황보세가의 얼굴을 봐서 이번 한 번만 자비를 베풀도록 하지. 다음에는 이런 일이 절대 일어나지 않도록 특별히 더 조심하도록 하게!"

당두가 짐짓 엄중한 표정으로 일행에게 훈계를 했다.

진운룡은 황보영천과 당두가 하는 양을 아무 말 없이 가만히 지켜봤다.

이미 황보영천의 귓속말도 모두 들은 상태였다.

하지만 그는 별반 반응하지 않았다.

그 역시 동창 위사들과 척을 져서 귀찮음을 감수하고 싶지는 않았기 때문이다.

헛기침을 몇 번하고는 진운룡을 노려본 당두와 위사들이 부상당한 위사를 부축해서 일행과 멀어졌다.

"한데, 동창이 왜 제남에 온 것일까요?"

황보영관이 의문 어린 얼굴로 그들의 뒷모습을 바라봤다.

"글쎄……."

일행은 멀어져가는 동창 위사들을 뒤로한 채 황보세가로 향했다.

* * *

다음 날 아침 숙소에서 일어난 진운룡의 안색이 굳었다.

"벌써 시작된 것인가?"

그의 시선은 자신의 손등을 향하고 있었다.

손등 위로 핏줄이 도드라지게 튀어나와 있었는데, 그 색깔이 거의 검은색에 가까울 정도로 무척 진했다.

진운룡은 주먹을 쥐었다 폈다를 반복하며 인상을 찌푸렸다.

"짐승으로는 한계가 있어. 역시 방법은 그 아이밖에 없는 건가."

무거운 마음으로 방을 나선 진운룡의 두 눈에 이채가 떠올랐다.

그의 방 앞쪽 마당에 적산이 무릎을 꿇고 앉아 있었기 때문이다.

어제 입었던 상처가 제법 깊었음을 말해 주듯 옆구리와 가슴, 복부에서는 핏물이 배어 나오고 있었다.

"뭐하는 거지?"

진운룡이 삐딱하게 고개를 기울인 채 물었다.

이른 아침부터 골치 아픈 일이 생길 것 같은 불안한 예감이 들었기 때문이다.

"무공을 가르쳐 주시오!"

평소와 다르게 비장한 얼굴로 적산이 말했다. 그답지 않게 말투도 제법 공손해져 있었다.

진운룡은 아무런 대답도 않은 채 물끄러미 적산을 바라봤다.

"부탁드리오! 제발 무공을 가르쳐 주시오!"

쿵!

적산이 바닥에 이마를 부딪치며 다시 한 번 진운룡에게 애원했다. 하지만 진운룡의 표정은 무심하기만 했다.

쿵!

"난 반드시 강해져야 하오! 제발 무공을 가르쳐 주시오!"

적산이 계속해서 바닥에 이마를 찧으며 소리를 지르자 소란을 듣고 황보세가 사람들과 접객원에 머물던 후기지수들이 몰려왔다.

"적 공자, 아직 몸도 성치 않은데 뭐하는 짓이오!"

황보영호가 얼른 와서 적산을 말렸으나 그는 꿈쩍도 하지 않았다.

"부탁드리오! 무공을 가르쳐 주시오!"

다시 한 번 적산이 울먹이며 진운룡에게 애원했다.

그때, 드디어 진운룡의 입이 열렸다.

"내가 왜?"

하지만 그의 입에서 나온 목소리는 너무도 무미건조하고 메말라 있었다.

"난 꼭 강해져야 할 이유가 있소! 부탁드리오! 제발 무공을 가르쳐 주시오!"

적산의 상처에서는 어느새 제법 피가 흘러나오고 있었다.

주위를 둘러싼 사람들이 그 모습을 안쓰럽게 바라봤다.

"그건 그대 사정이고."

그러나 여전히 진운룡의 대답은 전혀 감정이 담겨 있지 않았다.

"쯧쯧, 하여간 사람이 정이라고는 눈곱만치도 없어요!"

어느새 나타난 소은설이 혀를 차며 진운룡을 책망했다.

진운룡은 못 들은 척 방을 나서 적산을 무시한 채 지나쳐 갔다.

덥석!

"무공을 가르쳐 주지 않으려면 차라리 이대로 날 죽이시오!"

적산이 진운룡의 다리를 붙잡고 매달렸다.

순간, 진운룡의 눈썹이 꿈틀하는가 싶더니 그의 신형이 유령처럼 사라졌다.

콰아아앙!

갑자기 터져 나온 폭음에 사람들의 시선이 소리가 나는 방향으로 향했다.

놀랍게도 어느새 진운룡이 적산의 목을 한 손으로 움켜쥔 채 그의 육신을 담벼락에 처박고 있었다.

충격으로 인해 담벼락은 무너질 것만 같이 움푹 파여 있었다.

"커헉!"

신음과 함께 적산의 입에서 핏물이 뿜어져 나왔다.

"네놈은 떼를 쓰기만 하면 모든 게 이루어진다고 생각하느냐? 대체 내가 누구라고 생각하는 것이냐? 네놈의 어리광을 받아 줄 만큼 내가 물러 보였더냐?"

진운룡의 온몸에서 광폭한 기운이 뿜어져 나왔다.

주변을 둘러싼 후기지수들과 황보세가 사람들까지 몸을 떨 정도로 두렵고 서늘한 기운이었다.

소은설이나 후기지수들은 진운룡의 새로운 모습에 두려움을 느꼈다.

"크으윽……."

"네놈이 죽는 것이 소원이라면 내가 이루어 주지!"

진운룡이 천천히 손에 힘을 주기 시작하자 적산의 얼굴이 일그러졌다.

"커, 커어억!"

적산은 신음조차 제대로 흘리지 못한 채 온몸을 부들부들 떨었다.

"지, 진 공자 그만하시지요!"

황보영천이 다급히 진운룡을 말리려 했으나, 그의 서슬에 질려 가까이 다가갈 수조차 없었다.

"끄으으……."

시간이 흐르며 적산의 붉게 달아올랐던 얼굴이 점점 창백해졌고, 두 눈은 붉게 충혈 되었다.

소은설을 비롯한 후기지수들이 도저히 더는 지켜보지 못하고 고개를 돌리는 순간이었다.

"사, 살려 주시오……."

기어 들어가는 목소리로 적산이 애원했다.

"나, 난 이대로 죽을 수 없소……."

거의 의식이 없는 상태에서 적산이 중얼거렸다.

"해, 해야 할 일이……. 야, 약속이……."

순간, 진운룡이 손에서 힘을 풀었다.

"쿨럭! 나, 난 살고 싶소! 아, 아직은 살아야 하오……. 쿨럭!"

연신 피를 토해 내며 적산이 중얼거렸다.

"주제도 모르고 날뛰는 놈은 언제 죽어도 이상할 것이 없다. 꼭 살아야 할 이유가 있는 놈이 제 목숨 아까운 줄도 모르고 날뛴다면 더는 살아 있을 가치가 없지."

진운룡의 목소리는 여전히 차가웠다.

"크흐흐흑! 내, 내가 어리석었소! 부탁이오, 앞으로는 절대 목숨을 함부로 하지 않겠소. 그러니 제발 내게 기회를 주시오!"

적산이 풀썩 주저앉아 흐느꼈다.

"내가 너에게 무공을 가르쳐 준다면 넌 내게 무얼 줄 수 있느냐?"

진운룡이 깊게 침잠된 눈으로 적산을 내려다보며 물었다.

적산이 천천히 고개를 들어 진운룡을 바라봤다.

그는 순간 마음속에 묵직한 무언가가 터져 나가는 것을 느꼈다.

한동안 진운룡의 두 눈을 바라보던 적산의 입이 천천히 열렸다.

"한 가지만 허락해 주신다면 제 모든 것을 주군께 바치겠습니다!"

적산이 흐느적거리는 몸을 애써 일으켜 진운룡 앞에 부복했다.

"좋다. 넌 지금부터 나의 종이다. 종은 주인의 재산이며, 손과 발. 이제부터 너에게 생각과 의문은 없다. 단지 내가 생각하면 너는 움직이고, 그대로 따르면 된다. 대신 나는 나의 재산을 지키고, 만일 훔치거나 흠집 내려는 자들이 있다면 지옥 끝까지라도 쫓아가 그 대가를 받아 낼 것이다."

진운룡의 말 하나하나가 적산과 지켜보는 이들의 머릿속에 각인되었다.

그 비장한 언약의 맹세 앞에서 누구 하나 작은 소리조차 낼 수 없었다.

"존명."

적산이 무거운 목소리로 읍을 한 후 그대로 기절했다.

진운룡은 의식을 잃은 적산을 어깨에 들쳐 메고 자신의 방으로 다시 들어갔다.

*　　　*　　　*

적산과의 사건 이후로 그 누구도 진운룡을 함부로 하지 못했다.

아니, 오히려 두려움을 느껴 슬슬 피하는 이들이 많았다.

하지만 반대인 이들도 있었다.

황보영천과 모용주란이 그들이었다.

황보영천은 특유의 털털함으로 진운룡과 친해지려 애썼다.

모용주란 역시 진운룡의 진면모를 본 이후로는 수시로 그의 숙소를 들락거렸다.

하지만 어떻게든 관심을 끌어 보려는 그녀의 노력에도 진운룡은 눈썹 하나 꿈쩍하지 않았다.

어느새 예의 심드렁하고 무심한 모습으로 돌아온 진운룡은 적산과 소은설에게만 신경을 썼다.

소은설은 하오문 제남분타를 방문해 아버지 소진태를 찾는 일에 도움을 요청했다.

소진혁이 미리 언질을 해 두었던지라 다행히도 제남분타주는 자신의 일처럼 적극적으로 나서겠다 약속했다.

그렇게 소진태에 대한 소식을 기다리고 있던 사흘째 날

밤 진운룡이 갑자기 소은설의 숙소를 찾아왔다.

소은설은 진운룡의 갑작스런 방문에 다소 놀란 얼굴로 그를 맞았다.

"무, 무슨 일이에요? 이런 늦은 시간에?"

거의 삼경에 가까워진 시간이었다.

소은설을 바라보는 진운룡의 얼굴에는 묘한 미소가 감돌고 있었다.

소은설은 어쩐지 불안한 예감이 들었다.

'서, 설마!'

아니나 다를까 진운룡의 입에서 그녀에게 가장 두려운 말이 흘러나왔다.

"받기로 한 대가를 받으러 왔는데?"

소은설의 안색이 창백하게 질렸다.

"대, 대가요? 지금요?"

진운룡이 당연하다는 듯 고개를 끄덕였다.

소은설이 침을 꿀꺽 삼켰다.

"준비는 되었나? 이제 와서 딴 소리를 하는 것은 아니겠지?"

진운룡이 천천히 소은설에게 다가왔다.

"그, 그게 아직 마, 마음의 준비가……."

소은설이 움찔거리며 뒤로 물러섰다.

"딱히 준비랄 것도 없는데……. 물론, 처음에는 잠시 따끔 하겠지만, 그 뒤로는 전혀 아프지 않거든."

소은설의 머릿속이 하얗게 변했다.

'이, 이런 식으로 순결을 잃는 것은 싫어…….'

최소한 마음의 준비라도 하고 싶었다.

그때 진운룡이 그녀의 양 어깨를 잡았다.

그녀의 얼굴에 갈등이 일었다.

"싫다면 지금이라도 거절해도 된다."

진운룡이 씨익 웃으며 말했다.

'안 돼! 아버지를 위해서라면 이 정도 쯤은…….'

그녀는 이를 악문 채 두 눈을 질끈 감았다.

도저히 눈을 뜨고는 이 상황을 버텨 내기 힘들 것 같았기 때문이다.

'그래도 못생기고 우락부락한 사내에게 당하는 것 보단 나을지도……. 이런! 내가 대체 무슨 생각을……!'

순간, 진운룡의 입김이 그녀의 볼에 느껴졌다.

"흐읍!"

"근데, 내가 무얼 달라는 것인지 알고는 있나?"

문득 들려오는 장난기 어린 목소리에 소은설이 감았던 눈을 떴다.

진운룡의 눈동자가 바로 자신의 눈앞에 있었다.

그녀의 심장이 세차게 두근거렸다.

진운룡의 눈동자는 신비스런 노란 빛이 감돌고 있었다.

"무, 무엇을 달라는 거죠?"

두근거리는 심장을 간신히 진정시킨 소은설이 물었다.

"난……."

진운룡의 미소가 점점 사라졌다.

"너의…… 피가 필요해."

순간, 소은설의 눈이 더는 커질 수 없을 만큼 동그래졌다.

〈『혈룡전』 제2권에서 계속〉

http://www.bbulmedia.com

http://www.bbulmedia.com